相克 真田戦記

久住隈苅

Kusumi Ikari

一

信之の大志、幸村の決意

目次 Contents

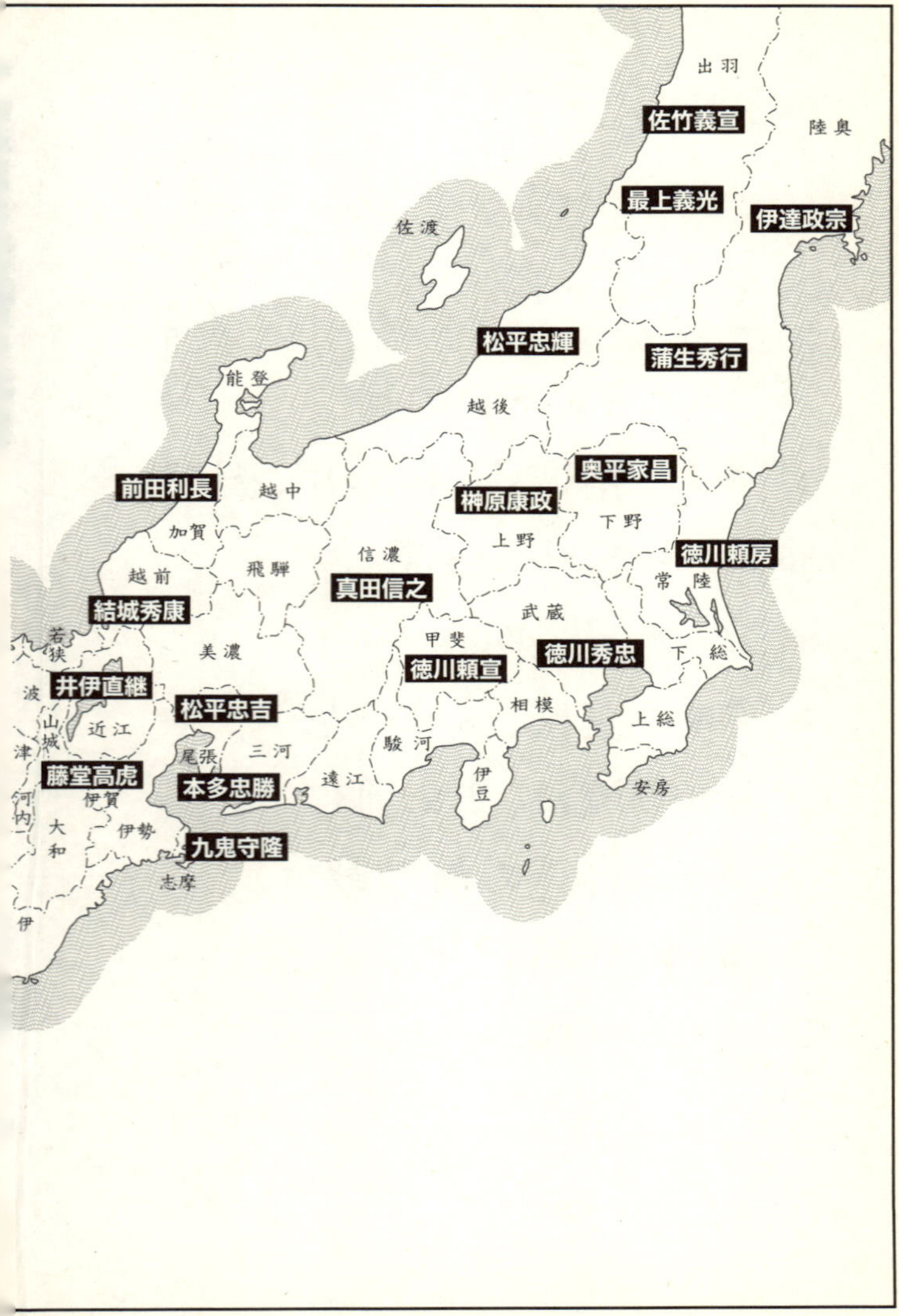
出羽
佐竹義宣
陸奥
最上義光
伊達政宗
佐渡
松平忠輝
蒲生秀行
能登
越後
奥平家昌
前田利長
越中
榊原康政
加賀
下野
信濃
上野
徳川頼房
飛騨
越前
真田信之
常陸
結城秀康
武蔵
若狭
甲斐
美濃
徳川秀忠
下総
徳川頼宣
井伊直継
波
松平忠吉
相模
山城
近江
上総
津
三河
尾張
駿河
藤堂高虎
伊豆
遠江
本多忠勝
安房
伊賀
河内
大和
伊勢
九鬼守隆
志摩
伊

慶長10年主要大名配置図

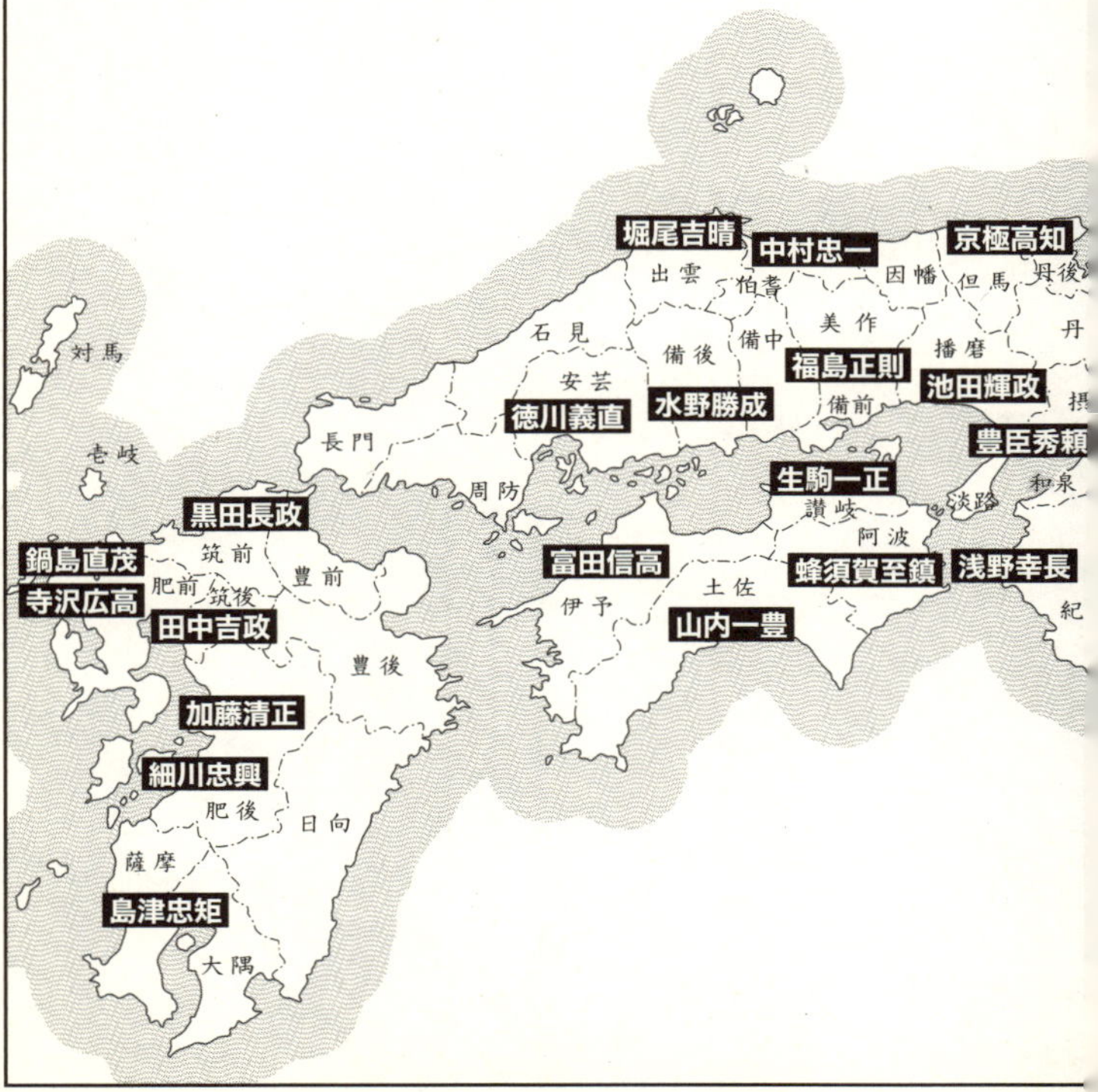

本文レイアウト――T-Borne
本文イラスト――仙田　聡
図版作成――鈴木規之

序章

それぞれの道

　慶長《けいちょう》五（一六〇〇）年九月三日。信濃《しなの》上田《うえだ》城の開城交渉は、城から半里ほどにある国分寺の饗応の席で、和やかに進んでいた。城主の真田昌幸《さなだまさゆき》は、徳川秀忠《とくがわひでただ》率いる四万近い軍勢と争う気がないと、ひたすら頭を下げるばかりである。

　徳川からの使い、本多忠政《ほんだただまさ》は敵味方という立場をわきまえず恐縮しているが、その姉を正室とする真田信幸《のぶゆき》は厳しい表情を崩さない。

　石田三成《いしだみつなり》から挙兵の一報を受け、石田か徳川か、父と激論をしたのはひと月ほど前だ。信幸は徳川からの招集に応じて小山《おやま》へ行き、父と弟はここ、上田に戻った。

「父上、左衛門佐《さえもんのすけ》（真田信繁《のぶしげ》）は」

「ああ、あれは豊家の臣ゆえ、上方へ戻した」

　いくさになりそうなこの時期、将たる弟を手放すだろうか。真田家の主だった将は信幸と行動を共にしているのに。

　ますます信幸の表情は不審げになるものの、昌幸は知らぬ顔を決め込んでいる。信幸は探りを入れてみた。

「内府公（徳川家康《いえやす》）より、身上何分にも取り立てらるべき、との安堵状をいただいてござれば、御家の安泰は御心配に及びませぬ」

「ほお。しからば、かくなる上は頭を丸め、城を明け渡す所存。されど家中に話を通したく、ただ一日の御猶予をいただきたし」

昌幸から丁寧に頭を下げられ、忠政が嬉しそうになる。明らかに、昌幸への対応を間違えていた。

表裏者たる父に対しては、かつて上杉景勝《うえすぎかげかつ》が評したごとく、不審千万でちょうどよい。

普段の信幸ならば、正使である忠政の対面を優先し、しゃしゃり出はしないのだが、父の惚《とぼ》けた態度をどうしても信用できなかった。ひと月ほど前に犬伏《いぬぶし》で、「家康、秀頼の恩を蒙りたる当家にはなけれども、かようの節に臨み、家を起こし大望をも遂げん」と言い放った父と、これが同じ人物であろうか。

「降参の御申し出は、父上からにござろう。みずから申し出ておいて、いまさら猶予などと」

「未だ降参を承服せぬ者もあるゆえ、少しの時をいただきたいと。左様、申しておる」

このくらい、認めていいのではないか。そう言いたげに忠政が見る。信幸は小さく首を振った。話を持ち帰れば、徳川秀忠も本多正信《まさのぶ》も歓迎するだろう。だからこそ今、信幸が見定めねばならなかった。

「即刻、城を受け取りたし」

「今日の今日、いきなり城を明け渡せなどとは、いささか」

無茶である。使いのせいで、徳川の横暴と世間に広まっては切腹ものだ。そう考えて忠政が青くなるのを見つつ、信幸は続けた。

「明日にも降参するにしては、上田の城下が慌しいようで」

「敵になるやもしれぬ大軍が近づかば、慌しいに決まっておろう」

さらりと受け流す昌幸もまた、忠政を観察している。昌幸が徳川を迎え撃つつもりだと、信幸は確信しているだろうから、信幸を相手にしても無駄だ。昌幸のやり口を知り尽くす息子の目をくらますのは不可能だし、味方にする説得は犬伏で失敗していた。

だが、徳川の正使は本多忠政であり、信幸の意見が忠政の考えと食い違えば、それだけで時を稼げる。迷路のように構築した上田城下へ徳川の大軍を誘い込み、したたかに打ち負かす用意が完了するまで、あと一日を稼げばよい。ひたすら昌幸は、忠政を煙に巻くよう努めた。

やがて顔を出した真田家の重臣、矢沢頼康《やざわよりやす》に、昌幸は余裕で声をかける。

「但馬《たじま》、変わりないか」

「は、大殿におかせられましても」

昌幸は苦笑した。

「敵として扱うてもらえぬかな。まだ降参しておらぬゆえ」

「大殿、御無体な」

「但馬、関わるでない」

放っておけば際限なくおもちゃにされそうな頼康を見かね、信幸が割って入る。そのまま信幸は頼康を促し、部屋から出て行った。

「父上に乗せられてどうする。もう主ではないのだぞ」

「は。まこと、至りませず」

「よい。報せは」

「源次郎《げんじろう》（真田信繁）様、かなりの軍勢を伴い砥《と》石《いし》の城におわします」

もう敵同士というに。

信幸の父や弟へ、愛着を捨てられぬ頼康を叱りかけた信幸は、おのれの苛立《いらだ》ちもまた、同じ根っこから出ている事実に直面し、やるせない表情になった。

「どうみる」

信幸の心情には触らぬよう努めながら、頼康が答える。

「砥石の城を徳川が見過ごすわけもなく、こたびは捨てる気でござろう」

徳川が前回の上田攻めに大敗した原因、砥石城を重視するのは当然で、囮《おとり》の匂いがぷんぷんする配置だった。

信幸が中座する間に、昌幸は忠政籠絡《ろうらく》の手ごたえを得ていた。戻った信幸は、用は済んだから帰ろうと、今にも言いそうな笑顔の忠政を見て、眉《み》間《けん》に小さく皺《しわ》を寄せる。

取り込まれたか。

忠政に口を開かせぬよう手で制し、信幸は父へ向き直った。

「左衛門佐は、まだ近くにおるようですな」

昌幸の表情が微妙に動く。真田信繁は上田の北東、砥石城にあって、上田城を攻めるであろう敵の背後を襲うべく待機していた。十五年前に徳川を破った策だが、そのまま通じるとは昌幸も思っていない。敵の目を引き付ける囮役にでもなれば、充分だろう。そもそも十五年前、高低差の関係で上田からは死角になる砥石城より出撃し、徳川の大軍を蹴散らしたのは信幸なのだ。

見つかったのなら、敵が来る前に上田へ退《ひ》かせよう。徳川の使いが小諸《こもろ》へ去り次第、信繁の軍勢を撤退させる段取りを、昌幸は惚けた顔のまま考えている。

「まだ行かぬとは、ぐずぐずしておるものよ」

「父上、御戯《おたわむ》れが過ぎましょう」

「強き者へ、みずから尾を振る輩が何を申す」

「弱き者に味方するとは、父上とも思えませぬ」

「弱かろうが勝てばよい。勝たせてやるさ」

もし昌幸が上田で徳川主力を足止めし、上方勢との決戦に間に合わなくさせれば、徳川は苦戦を免《まぬか》れまい。だがそれでも、最後は徳川が勝つだろう。上方勢には徳川を滅ぼせるほどの力がない。秀吉が小田原北条《おだわらほうじょう》攻めで関八州を制圧するのに動員した軍勢は二十万以上。今の上方勢には十万を集めるだけで精一杯だろう。毛利《もうり》を担ぎ出したとて、まず徳川に太刀打ちできぬ。

石田三成がいかなる勝算で挙兵したものか、理解に苦しむ信幸だが、父の狙いはわかっている。徳川主力を足止めすることで上方の戦いを長引かせ、一時的に乱世を創り出す気だ。

信幸の理解は的を射ていた。どこも兵を出した空き家状態の今なら、動きさえすれば欲しいまま領地を拡大できる。ただし昌幸にとっての障害は信濃平定をも任務とする徳川の大軍で、かなり分が悪い。

「父上、いまさら乱世など」

「惣無事《そうぶじ》（私的な合戦の禁止）などと、ぬしまで太閤が寝言を信ずるか」

「天下は、治世を望んでおりますれば」

「左様な天下、変えてみせよう」

信幸は首を振る。一時的な戦力の空白に乗じ、攻城野戦で勝ち続けたとして、あとに何が残るというのか。名を残すという自己満足以上に、たいしてよい結果は期待できなかった。どんなにがんばろうと、昌幸が天下を統《す》べるためのいくさには、なりえないのだから。

「天に逆らうより、従ってはいかがで」

「従うて、何をする気ぞ。信幸」

徳川の使いにではなく、父から子への問いかけだ。揺さぶりに違いない。信幸は冷静に答える。

「せっかくの惣無事ゆえ、まことの泰平を目指したく」

「寝言を申すな」

「浜などを埋め立て田畑を増やし、皆が腹いっぱい食えるようにならば、無駄に争わずともよくなろうかと」

「争い合うは人の性《さが》。夢物語よ」

「豊かさが人の性を変えるか否か、この目で確かめとうござる」

「いくさの世でしか、生きられぬ者どもがおる」

このわしのように。

そんな顔で直視する昌幸の視線を、信幸は正面から受けた。

「世のため滅ぼさねば、なりますまい」

昌幸は息子の目の奥を覗《のぞ》き、しっかりした覚悟を感じて、裏のない笑顔を見せる。

「手は打ったのだな」

「先ほど、使いを式部《しきぶ》(榊原康政《さかきばらやすまさ》)様へ」

信幸の言葉に少し表情を動かした昌幸は、態度へは出さずに自然な動きで外を見、はっきりと顔色を変えた。

「なるほど、やりおるわ」

「父上、もはや」

「で、どうなる、信繁は」

「豊家の臣とは、関わりなきいくさなれば」

「左様か、ならばよし」

信幸は昌幸の手の内を熟知するが、この状況なら徳川に遠慮して出しゃばらず、結果として父の邪魔を控えると、事前に昌幸は読んでいた。だが昌幸を封じる手を、信幸が進んで打ったのなら、この博打《ばくち》に勝つ目はない。

「よもや、ぬしに野心があろうとは」

「私心はござらん」

「わかっとる」

「いたずらに世を乱すより、世をよきほうへ動かすべきでは」

そして賭けに勝利した息子が、敗れた父親を踏み台に願いをかなえたいというなら、断わる気はなかった。

「意見は要らぬ。参れ」

父子の間を隔てる膳をまたぎ、信幸が進み出る。迎えるように昌幸は立ち上がり、信幸が抜いた脇差の切っ先を、穏やかに受け入れた。

「乱世の習いよな。わが父(真田幸隆《ゆきたか》)もまた、子を討たんとせし親(海野棟綱《うんのむねつな》)を」

「これで乱世は、しまいにしとうござる」

「どこまで寝言が通じるか、やってみよ」

そう言うや倒れる昌幸を左腕に抱きかかえ、仰向けにした信幸は、繰り返し脇差で刺し、絶命させる。凍りついた場の中で、信幸は静かに手を合わせた。


真田信繁は千五百を率い、砥石城で徳川の侵攻に備えていた。ただし、まだ徳川方の軍勢が小諸に留まる今は、昌幸の集めた兵の過半を徳川から隠すのが、主たる役目である。

十五年前の大敗を踏まえ、徳川の先鋒が砥石城を落とそうとするのは確実だ。信繁には徳川の軍勢を見つけ次第、城を捨てて上田へ逃げるよう、昌幸が命じていた。かつての敗北の原因を取り除けば、いっそう徳川は安心するに違いない。

昌幸の策を、信繁は詳しく教えられている。降参を偽り、油断させた上、掌《てのひら》を返して挑発すれば、数に驕《おご》る徳川方は遮二無二、上田城へ突っ込んでくるだろう。城下の迷路が起こす混乱は、敵が大軍になるほど大きくなり、収拾がつかなくなったところに反撃すれば、容易《たやす》く崩せる。

やがて徳川方が態勢を立て直し、再戦が可能となるころには上方勢との決戦が近づき、信濃など放り出さねばならぬはず。信繁の預かる軍勢が空き巣狙いを始めるのは、それ以降の予定だ。

予定を崩す報せは、突然やってきた。

「落ちた？」

「城も城下も、すでに火が」

いきなり外へ飛び出す信繁が見やる西の空に太

く広く、黒煙がたなびいている。

大軍を混乱させるべく構築された上田城下でも、真田勢の進退に不自由がないよう、数千が通れる道は用意してあった。真田信幸は榊原康政と示し合わせ、康政が率いる選りすぐりの五千を目立たぬよう上田まで案内していた。

城の近くに伏せた榊原勢は、信幸が送った手勢の先導により、六連銭の旗に続いて、物資搬入に忙しい上田城へ突入したのだ。

上田城では降参を偽装するため、あからさまな戦闘態勢を取らなかったのが災いした。もとより、数に驕る徳川の油断という大前提を崩されたら、どうしようもない状況であるが。

さあ、どうする。

信繁は、そのどうしようもない状況を確認すべく、黒煙の広がる様を眺めつつ考えに耽《ふけ》る。

上田城は城下ごと焼かれたらしく、今から向かう意味はない。そして、徳川の使いと交渉していたはずの父が捕らわれたのは確実だろう。落城の噂が広まれば四散するに違いない手元の軍勢で、何ができるわけもなし、ここは父の安全を最優先すべきだ。信繁は命じた。

「左近《さこん》を呼べ」

真田家重臣、横谷《よこたに》左近は忍らの使い手でもある。その情報収集力を駆使して真田昌幸たちを無事に上田まで届け、昌幸から感状をもらったばかりだ。少し緊張した面持ちの左近へ、信繁は穏やかに尋ねる。

「兄はどこに」

「国分寺におわすものと」

「つなぎを取れるか」

「申すまでもなし」

同じ家中で、いくらでも伝手《つて》はあった。訊《き》かなくていいことを口にする信繁から、左近は経験不足による不安を読み取る。

「ここのすべての軍勢を率い、兄と兵を合わせよ。できるか」

予想外の命令に、左近は少し黙る。まだ経験は足りなくても才幹は本物だと、再確認して左近は口を開いた。

「国分寺までわずかに一里、できます。されど」

「兵らは何もしておらぬ。咎《とが》はあるまい。恐らく兄は喜ぶ」

「仰せの通りかと」

「徳川より咎を問わるるなら、このわしであろう。いなかったことにしておけ」

「おわさぬ？」

「すぐ逃げるゆえ、あとを頼む」

「どちらへ」

「舅《しゅうと》（大谷吉継《おおたによしつぐ》）殿を頼ってみようと思う」

「敦賀《つるが》にございますか。いくらかでも兵を連れねば、無用心では」

「目立たぬがよかろう」

この御方は、利口なのか阿呆なのか。判断に窮した左近は、おのれに理解できる範囲で支援を申し出た。

「弟（横谷重氏《しげうじ》）を御連れ下さい」

「ん？　ああ、なるほど。忍なら目立たぬか」

「御意」

「心遣い痛み入る」

「もったいなき御言葉」

言葉に違わず、信繁は半刻ほどで城を去った。

見た目には七名だけの一行を、影から十数名が警護している。見送った左近は、乱世に生まれた信繁の不幸を残念がる。抜群に頭が切れる一方、あのお人よしは、どうにかならぬものか。

上田城の近くで五千の軍勢を伏せることが、なぜ徳川に可能だったか考えさえすれば、情報を司《つかさど》る左近の協力なしに不可能だと気づくだろうし、左近を動かせる徳川方は真田信幸しかいないと、確実にわかったろうに。

左近率いる千五百の援軍は、上方勢とのいくさを控える信幸を、ひどく喜ばせた。弟が冷静な正しい判断を下した事実も、信幸を喜ばせる。犬死だけは、してほしくなかった。


数日後。

人質として上杉家の禄を食《は》んだ経験のある真田信繁にとり、越後《えちご》は懐かしさを覚える地だ。越後を治める堀《ほり》家は、各地で蜂起する上杉旧臣らの一揆に振り回され、港の警戒どころではなくなっており、豊臣家の御用と称して船を求める信繁たちを邪魔する者はいない。

手配にあたる横谷重氏が連れてきた商人は、信繁を見るなり、にこりと頭を下げる。

「これは左衛門佐（信繁）様、遠路の御用にございますな」

「はて。面識はないはず」

「大坂表《おおさかおもて》にて、御姿を何度か拝見させていただきました。大坂の権中納言《ごんちゅうなごん》（豊臣秀頼《ひでより》）様が、越後で船を御求めとは珍しい」

「われらが乗りたいだけだ。さしたる用に非《あら》ず」

「左様にございますか。生憎《あいにく》と大坂へは淡海《おうみ》のうみ（琵琶湖）より先、大津《おおつ》も伏見《ふしみ》も物騒にございまして」

「敦賀まで手配してもらわば、有難い」

大坂へなら、越前《えちぜん》から北近江《おうみ》に出て船で琵琶湖を渡り、さらに宇治《うじ》川から伏見経由で水路を行くのが速い。だが大津では激しい攻城戦が始まり、伏見は落城したばかり。通らないほうが賢明だ。

「いったん京までいらっしゃっては。敦賀ですと、後になって治部《じぶ》（石田三成）様の一味と疑われるやもしれませせず」

「これしきの人数、どちらへ加勢もなかろうが」

「二十ほどの御人数なら仰せの通りにございますれど、道理が相手に通ずるか否か、わかりませせぬゆえ」

信繁の舅（大谷吉継）が加担する上方勢が勝つなら、何も心配いらない。用心は徳川が勝利した場合だけでよかった。

「疑われぬが第一か、承知した」

「恐れ入ります。なにしろ、上田の件が」

「落ちたらしいな」

「御存知ないのですか」

「む？」

口にした商人は困った顔になるが、信繁に促され続ける。

「上田の城が落ちるに伴い、真田安房守《あわのかみ》（昌幸）様を真田伊豆守《いずのかみ》（信幸）様が討ち果たしたと」

「まさか」

「古今まれなる忠節と、徳川の陣中で評判に」

「何かの間違いでは」

「ございませぬ」

降参を申し出て話し合いの席へ臨んでいた父が、なぜ討たれるのか。混乱から抜け出すのに苦労しながら、信繁は状況を想像していく。

だまし討ちだ。

平和的な話し合いを装って父を討ち取り、しかる後に留守城を攻め落とす。実に効率のよい策で、信繁には、その効率のよさが許せない。

「兄は、徳川の軍勢は、どこに」

「じき、美濃《みの》に入るころかと」

「商人にしては、詳しいな」

「は？」

「徳川の動向を調べる商人が、どれほどいるものかな」

「はあ」

「われらが忍どもは目立たぬよう、別々に敦賀へ向かわせるはずを、まとめて二十ほどとは、よく存じておるものよ」

「あ、それは」

「ぬし、どこの家中ぞ」

「滅相もない。一介の商人にございますれど」

「で？」

「ささやかながら、豊家の御用も」

「豊家の御用なら、なぜ隠す」

「豊家の方であろうと、草につきましては一切、隠さねばなりませず」

「草？」

「いや、どうぞ聞かなかったことに」

作為を感じた信繁は、じっと商人を見据《みす》え、しばらく沈黙する。商人は気を呑《の》まれ、蛇に睨《にら》まれた蛙の心地で待った。

「何を試す気か」

「さすがは、豊臣姓を許されし御方」

「答えよ」

「草の頭《かしら》より、新たなるつなぎ役を左衛門佐（真田信繁）様にお願い致したき旨、仰せつかり、まずは急ぎ大坂へ御戻りいただこうと」

「つなぎ役とは」

「治部少（石田三成）様が御運は、こたびのいくさ次第。治部少様にもしものことあらば、次の者を用意致さねばなりません」

「治部殿の代わりか」

「はい。このいくさ、もし治部様敗れたらば、すなわち豊家の一大事。御家存亡に関わりましょう。どうか」

真摯《しんし》に頭を下げる商人に、今度は信繁が気圧された。いくばくかの感動をおぼえ、信繁が言う。

「そこまで豊家を」

「当たり前にございます。上方に流れる金銀、ことごとくが豊家より流れ来るもの。豊家傾く時、大坂の商家も多く倒れましょう」

一気に興ざめした信繁だが、商人の理屈は理解できる。豊臣家と利害上の協力関係があるなら、それはそれで安心だ。

信繁一行は兵糧を運ぶ大船に乗り、まずは京を目指すことにした。

父の仇を討つ。

この一念が、信繁を突き動かし始めている。

九月十一日。

前日に三河岡崎《みかわおかざき》から尾張《おわり》へ入った徳川家康はこの日、福島正則《ふくしままさのり》の居城、清洲《きよす》に駒を進めた。小山評定から岐阜《ぎふ》攻めを経て、完全に反石田の旗色を明らかにした福島正則でも、家康は心を許していない。いかに強烈な反石田でも、徳川の傘下とは意味が異なるのだ。

その正則への書状で、家康は「中納言（徳川秀忠）、定めて十日時分には其の地まで参るべくと存じ候」と約束していた。徳川主力を率いる秀忠が正則ら豊臣恩顧の諸将を率い、堂々と石田三成を打ち破るのが、家康の希望する展開である。

徳川の天下が定まり、おのれが無事に隠居できるまで、家康の心は休まらない。今度の騒ぎ以前は総大将として戦うことのなかった秀忠に、史上空前の大合戦の指揮を執らせ、勝利者となすべく、家康はすべてを組み立ててきた。

従って、家康が秀忠より先に決戦場へ現われるのは、具合が悪い。そんな考えでいた家康は、秀忠からの使い、真田信幸を上機嫌で迎える。

「左様か。すでに美濃へ」

「は。本日中に岐阜まで」

「ほうかほうか」

平伏したままの信幸を、にこにこと見つめていた家康が、表情を変えずに切り出す。

「外様の者が、このわしへの使いとは、見事なる出頭人よ。よくぞ取り入った」

「恐懼《きょうく》に耐えませせぬ」

欲得で成り上がろうとする者特有の下劣さがないのを、家康は確認した。

欲のない者は、危険だ。

「何を望む」

「何も」

「みずから親を殺してまで、何を望む」

信幸は沈黙したものの、気配に乱れがなく、ますます家康の警戒心を刺激する。

「言えぬか、わしごときに」

「戯言《ざれごと》を御耳に入れて、よろしいのでしょうか」

「かまわん」

「親を殺し子を殺し、左様な思いをする者がひとりもない世を、できれば創りたく」

「ぬしの力で、か」

「いえ、上様の御力により」

「ふむ」

かつて家を残すため、わが子を殺した家康へ聞かせるには、確かに度胸のいる話だった。だが、不快ではない。

「ならば、手に入れるがよい。力を」

「有難き御言葉、身に余ります」

「ぬしに命ず」

「は」

「わが望みをかなえよ」

「必ずや」

「よし!」

気配を乱さぬまま、信幸は退出した。この者が家康の真意を状況から読み取り、きちんと結果を出せるほどの器量なら、秀忠の側にいてかまわない。いや、それほどの才人なら家康が頭を下げてでも、息子の側にいてほしいくらいだ。家康は、ただにこにこと思案を重ねた。

翌日、家康の急病により徳川勢は清洲に留まる。
仮病であった。

第一章

南宮山、杭瀬川、そして

九月十二日。

岐阜城を出て徳川秀忠の軍勢が向かった先は、二十日近く前に岐阜を落とした諸将が駐屯する赤《あか》坂《さか》である。上方勢が拠点とする大《おお》垣《がき》城とは二里ほどしか離れておらず、諸将は堅固な陣を築きながら総大将たる家康を待ち、小競り合いと睨《にら》み合いを続けてきた。

赤坂のすぐ南、岡山《おかやま》に着陣した秀忠勢には井伊《いい》勢が合流して、優に四万を超える大軍となる予定だ。他家に陣借りをしている浪人たちなど、安全に褒美をもらえそうな匂いに誘われてか、赤坂を出て勝手に徳川の陣へ潜り込む動きが絶えない。

父から預かる軍勢を返そうと赤坂に入った本多忠政と一緒に、真田信幸は本多忠勝《ただかつ》を訪ねた。忠勝は忠政へ合流についての指示を与え、本多勢の所に戻らせた後、信幸との話に入った。

「上様が？」

「わが望みをかなえよ、との仰せにて」

「いかにお答えした」

「余言なく、ただに引き受けしのみ」

「うん、受けるにしかず。されど上様の御望みとな。伺っておらぬぞ」

家康の気まぐれに違いないが、長年仕える忠勝でも困っているようだ。

「謎かけにございましょうか」

「よほどぬしを、御気に召したらしい」

極度に用心深い家康が、他家の者へ茶目っ気を示すとは、信じ難くすら思える忠勝だが、戯《たわむ》れだろうと主命である。昨日来、ずっと家康の意図について思案してきた信幸の考えを、まずは聞くことにした。

「上様が御望みは、こたびの大いくさについてでございましょう」

「疑うまでもない。されど、ぬしが命ぜらるまでもなく、このいくさ、勝つぞ」

毛利を総大将に担ぎ出すなど、上方勢は思わぬ大軍を用意したが、徳川全軍が合戦場に現われれば、数の不利は上方勢に明らかだ。戦わずして敵が逃げ出すのではないかと、忠勝は密かに期待している。

「されば、勝ち方にございましょうや」

「ふむ、勝ち方な」

勝てばいいとのみ考えがちな忠勝だが、主君には勝った後への配慮があると承知している。

「上様の御考え、手がかりならいくつか」

「申してみよ」

「清洲に残せし者よりの報せでは、上様は急な病にて、もう一日清洲に留まると」

「病？　まことか」

「いえ、かほど元気な病人など、世におりますまい。風邪とも目病みとも噂され、何の病かわからぬ代わり、岐阜へ明日の御到着とは、わかっております」

「左様か、安堵した」

また仮病だ。かつて東軍諸将から、たびたび出馬を催促されながら家康は、二十五日間も江戸に留まっていた。軍監として最前線にいた忠勝と井伊直政《なおまさ》は、豊臣恩顧の味方諸将から針の筵《むしろ》に座らされ、寿命の縮む思いをしたが、その際にも家康は仮病を言い訳にした。

「病を偽るるは、前にも？」

「上様の御好みのようだ」

「何故、進もうとなさらぬか、御考えには」

「書状を作るに御忙しいと聞いた」

「まさか、それだけでは」

「なかろうよ」

家康は江戸で大量の書状を発したらしいが、書状は移動しながらでも作れる。書状の作成は江戸へ留まる理由にならなかった。ちなみに江戸での二十五日間で九十五通の書状を発した家康は、小山から江戸へ移動する三日間にも、十三通を発している。

「上様は、江戸中納言（徳川秀忠）様が先に着くよう、御考えになられたのでは」

「戦機を逸するやも、しれなんだに」

機を逸するどころか、最悪の場合、味方諸将の寝返りまでありえたのだ。家康がいないから生じた心労の日々を思い出し、忠勝が苦い顔になる。

信幸は話を進めた。

「もし江戸様の軍勢が、この大いくさに間に合わなかったとしたら」

「まさか」

忠勝は笑い飛ばすが、真田昌幸の上田籠城策が成就していたら、ありえた仮定である。信幸は真顔で続ける。

「仮に、で御考えいただければ」

「えらいことだ。このわしは近習だけで、どう戦えばよいのか」

「上様も御困りに」

「備《そなえ》なしに本陣の旗本だけで戦えとは、あまりに無様よ」

戦略単位である備を構成するには、基幹となる大人数の家（旗頭）が必要だ。旗頭のない状態で小身の家をいくら寄せ集めても、統制を取れず役に立たない。徳川家臣で備の旗頭たるべき大身の家は、家康の軍勢ではなく秀忠勢に集中し、家康の下はほとんどが、万石未満の旗本で占められる。家康が率いる三万は、後方で睨みを効かせるのが役目なのだ。

もしも、備のない家康の軍勢を前線へ投入するとしたら、軍勢を分割できぬ以上、家康本人が危険を冒し前進しなければならないだろう。忠勝の言葉通り、あまりに無様である。

「間に合わねば、いくさの支障に」

「障《さわ》りどころか、豊臣恩顧の者どもの力だけで戦わねばならぬ。勝っても手柄を奪われ、上様の御ためになるまいぞ」

「これほどの大いくさ、徳川の御家は名にし負う四天王の方々が揃いてこそ」

「当たり前ではないか」

いくさで最も頼りになる三人は、本多忠勝と井伊直政が軍監として東軍諸将に同行し、忠勝の軍勢と榊原康政は秀忠に属していた。家康の手元には、ひとりもいない。

「やはり上様は、江戸様が先着なさるを御望みになられ」

「左様ならば、ただに先へ行け、というものではあるまいな」

「恐らく」

これらの状況は、疑いようもなく家康個人の考えによって計画的に作られた。そこに存在する目的を正しく読み取るのが、家康から出された命令だと、信幸は理解している。

忠勝が、にやと笑う。

「ぬし、腹を切れるか」

「いくさにござれば」

「もし過《あやま》たば、真田の家にも禍《わざわい》が及ぼう」

「こは、いくさにござる」

「やるか」

「は」

家康より先着した秀忠の下へは、本多正信と徳川四天王を筆頭に、徳川家の中枢が集まり、不足を感じるとすれば総大将に関してのみだろう。いつでも徳川家のいくさを始められる陣容だ。

これまで豊臣恩顧諸将の勝手に振り回されてきた忠勝としては、同じ思いの井伊直政と一緒に、存分な意趣返しをしたい。豊臣のやつらから手柄を奪ってやるのだ。

ふと、忠勝が考え込む。

「いかがなされました」

「上様は、ひとこと御命じにならばよいものを、何故にややこしく謎を御かけになる」

「江戸様御ひとりの御手柄になさりたいのでは」

「おお、なるほど」

家康から命じられたのでは、秀忠だけの手柄にできない。あくまで秀忠の独断でなければ。そう理解して信幸は笑みを浮かべる。

「しくじれば、勘違いした外様の田舎者ひとり、詰め腹を切るだけで収まりますし」

この者を婿《むこ》にしてよかった。

ますます忠勝は嬉しそうになり、次第に計画が組み上がっていく。


この夜、清洲の家康は赤坂から藤堂高虎《とうどうたかとら》を呼びつけた。豊臣恩顧の諸将の中では例外的に、高虎は家康と十数年の親交がある。


「御風邪をめされたとか」

「ん、治った」

「よろしゅうございました」

「様子は、どうかの」

「赤坂にございますか」

「うむ」

「江戸様を陣にお迎え致し、至極、賑わっております」

「左様か。ぬしが働き、無駄にするかもしれん」

「有難き労《ねぎら》いの御言葉を賜り、嬉しゅうござる」

「すまんな」

「滅相もない。敵の寝返りで勝つなど、内府公の御望みでは、ございますまい」

敵、上方勢で数万石の身代の者に絞り、高虎は複数の調略を進めてきた。幾万の軍勢同士が戦う未曾有《みぞう》の大合戦に参加させられるとわかり、不安でしょうがない連中だ。

高虎は寝返らせる自信を持っていたが、みずからの功績より、家康との関係が優先である。徳川の天下を確立する目的に照らせば、豊臣恩顧諸将の寝返りによって勝たせてもらうのは、家康の本意ではなかろう。

「皆々、佐渡《さど》（藤堂高虎）殿のように聞き分けよき者たちであらば」

「甲斐《かい》（黒田長政《くろだながまさ》）など、ずいぶんと駄々をこねましょうな」

黒田長政も調略を行なっているが、相手は毛利の両川《りょうせん》（吉川《きっかわ》・小早川《こばやかわ》）という大物釣りだ。決まれば敵の総大将の軍を無力化できそうな仕掛けを、簡単にあきらめられるとは思えなかった。

徹底して上方勢への調略を進める家康だが、これはあくまで用心のためのもの。できることなら反故《ほご》にしたい証文であった。だからこそ、徳川の者でない藤堂や黒田にやらせているし、家康自身、戦場に顔を出すのを遅らせているのだ。

このあたりの機微を秀忠の側近らが読み取れるなら合格で、家康にとって最善の未来が開けるのだが、果たして。

家康が目を細め、楽しげに何か考える様子を、高虎は気配を乱さず静かに見守っていた。

高虎の予想通り黒田長政は、おのが手柄に執着している。いきり立った長政の訪問を受けた秀忠陣営では、秀忠本人に会わせては、うっかり説得されかねず、かといって下手に怒らせては面倒と、誰もが敬遠する中、真田信幸にお鉢が回ってきた。

「すでに江戸様は御休みになられております。遠旅の御疲れ、御察しいただきたい」

「太夫《たいふ》（福島正則）の軍勢、張り切って支度を進めておる。夜討ちでもする気か」

「左様な噂、むやみに広めていかがなさる」

両軍共に、多数の間者を敵陣へ紛れ込ませている。奇襲の情報を秘密にするのは当然で、長政は恥ずかしさに黙った。

夜討ちの情報は信幸から直接、福島正則本人へのみ伝えられてある。少し離れた徳川勢の様子はわからなくても、豊臣恩顧の中で最大の福島勢がいくさ支度を始めれば、他家の戦い慣れた将は、おのずと気がつく。

現に黒田長政も家臣からの進言で、確認に訪れたのだ。信幸は、福島だけに報せるべきと秀忠周辺に提案した考えが、正しかったのを確認できた。また、この方針は福島正則の自尊心をいたく満足させ、青二才でも愚図な老いぼれよりよほどまし、との評価を、正則は秀忠に与えている。正則が秀忠に好意的なら、先々が楽というものだ。

「いま少しで、誓紙を書かせることができ、戦わずして敵を滅ぼせるものを、なんで」

「与《あずか》り知らぬことゆえ、お返事致しかねる。すでに江戸様は御休み。この他に申す言葉なし」

「帰る」

立腹して長政は去るが、見送る信幸は落ち着いていた。馬鹿ではないのだから、何をどうすべきか、すぐにわかるだろう。

信幸の読みは、半分だけ当たっていた。馬鹿ではないものの、長政は依怙地《いこじ》になってしまう。

「南宮山《なんぐう》へ使いを出せ。すぐにも誓紙を出させねば、間に合わぬ」

「徳川家中のしかるべき方々にも名を連ねていただき、こちらから先に、との約定《やくじょう》では」

「急ぎだ」

「先方が不審がりましょう」

押し問答が続く。そこへひょっこり、重臣の後《ご》藤基次《とうもとつぐ》が顔を見せた。

「何ぞ、騒ぎにござろうか」

「又兵衛《またべえ》（後藤基次）、ぬしからも申せ」

詳しく話を聞き、又兵衛は首を振る。

「殿は徳川と争う御つもりか。ならばこの又兵衛、幾万の敵であろうと真っ先駈けて討死いたす」

「何を申しておる。誰が徳川と戦うなど」

「これより夜討ちという頃合に、敵へ急を報ずるがごとき振舞あらば、毛利へ同心とみなされて仕方なし」

「されど、ここまで進めし話を」

「殿は、毛利のためになされしか」

「まさか」

「徳川のためなら、どこまでも徳川に従うがよろしかろう」

そもそも、急に慌しくなった福島勢の動きを、夜討ちと断定したのは又兵衛である。そして夜討ちをかけるなら、守りの堅い城より、野陣を対象にするのが当然だ。これまで長政が交渉してきた相手、吉川広家《ひろいえ》のいる南宮山が襲われると考え、長政が焦ったのは無理からぬことだった。

「毛利を寝返らすも、徳川のためではないか」

「敵を油断さす役に立つだけで、大きな手柄にござれば」

「承服できぬ」

毛利を寝返らせる工作は、毛利の本領安堵を確約することで成り立っている。もし徳川に毛利改易の意思があるなら、無視されて当然だ。交渉の実際の当事者と目される徳川家康が到着する前に仕掛ける意味は、そこにしかないと又兵衛には思われた。

「殿、こたび毛利へは何も申さず、福島勢に加わるがよろしいかと」

「勘か」

「御家の浮沈に関わるやも」

理由を細かく説明するのが面倒なとき、又兵衛が勘と称するのを、長政は承知している。もっとも、又兵衛の真意を承知していようがいまいが、又兵衛の勘が当たるのは黒田家中の常識であった。

又兵衛の不吉な発言に周囲がざわめく。長政は不快を感じつつも、周囲を静めるべく、度量の広さを示そうと努めた。

「よかろう。三千を連れて行け」

黒田勢の過半である。周りが驚きで目を見張る中、又兵衛だけは平然と応答した。

「忝《かたじけな》し。さりながら夜討ちにござれば、多すぎては扱いがたし。軍勢は二千にとどめたく」

「任す」

気に食わない。堪え難き不快を無理して我慢しながら、長政は又兵衛の勘が外れるよう祈っていた。たまには恥をかいてもらわねば、恥をかかされるばかりで不公平だ。

又兵衛は付近の地図を眺め、ざっと敵味方の動きを読んで、ひとつ頷《うなず》いた。逃げる敵を待ち伏せるのが、一番楽だ。願わくば、いくさの常識に従う敵将があらんことを。


長政の祈り空しく、又兵衛の勘は当たっている。本多忠勝から提案された夜襲策を、徳川秀忠の側近たちは歓迎した。軍監を送ったとはいえ、ほったらかしにしていた豊臣恩顧の諸将を決戦の駒として動かす前に、篩《ふる》い分ける必要を、秀忠側近は感じていたのだ。

岐阜城攻略後、赤坂で睨み合いを始めてから、およそ二十日が経過している。この間、臨戦態勢を維持した家と、漫然と待っていた家では、決戦での働きが違って当然だ。

まだ明るいうちに真田信幸は、軍勢二千五百を率いて赤坂から一里以上西の垂井《たるい》へ先行し、大軍が布陣する準備と偵察にいそしんでいる。

吉川広家がいる麓の神社とは十町足らず（約一キロ）ほどの間合いしかないが、南宮山の北に布陣する吉川・安国寺《あんこくじ》・長束《なつか》の軍勢はいずれも警戒が薄い。戦意のありそうな毛利秀元《ひでもと》は山上へ押し込められ、長曾我部盛親《ちょうそかべもりちか》は南へ下げられていた。徳川への恭順を望む吉川広家の意思であろう。

狭い大垣に固まるよりも、南宮山へ大軍が布陣したことにより、赤坂で対峙する徳川方が、大垣城を無視して西へ突破する恐れが軽くなったのは事実だが、広家にとり、徳川との交渉をやりやすくなったことは間違いない。

広家は頻繁に赤坂へ使いを送り、ひたすら毛利の本領安堵を嘆願しているという。気の毒だが徳川にその気がないのだから、どうにもならぬ。

信幸は少しずつ垂井に集まってくる軍勢を整理し、行軍直後に付きものの混乱を収める作業に追われる。殿軍《しんがり》を選んだのか、垂井に軍勢が揃ってから本多忠勝は現われた。

「苦労をかけた」

「いいえ、さほどのことも」

雲は多いが、月の明るさを隠すほどではない。夜でも行動に困難はなさそうだ。

「江戸様の御本陣は国分寺跡に置き、相川《あいかわ》の手前を固める」

「無理にいくさに加わろうとは」

「なさる御方にあらず」

「安堵致しました。さすがは次の世を託すに足る御方にございますな」

「気の早い。託す前に、まずは奪わねば」

信幸が笑みを浮かべ応える。

「奪いましょう」

「軍勢は」

「信濃勢四千、他に赤坂の者たち、およそ一万」

「上々だ。こちらも一万ほどになる」

福島・池田《いけだ》・黒田・細川《ほそかわ》・浅野《あさの》・山内《やまうち》と、戦い慣れた将たちは、いずれも統制の崩れにくい二千程度の軍勢で夜討ちに加わった。本多・井伊・榊原・奥平《おくだいら》・大久保《おおくぼ》ら、徳川の将たちも同様である。

「敵は毛利勢一万五千が山上に。すぐには動けませぬ」

「おお、叩き甲斐のある」

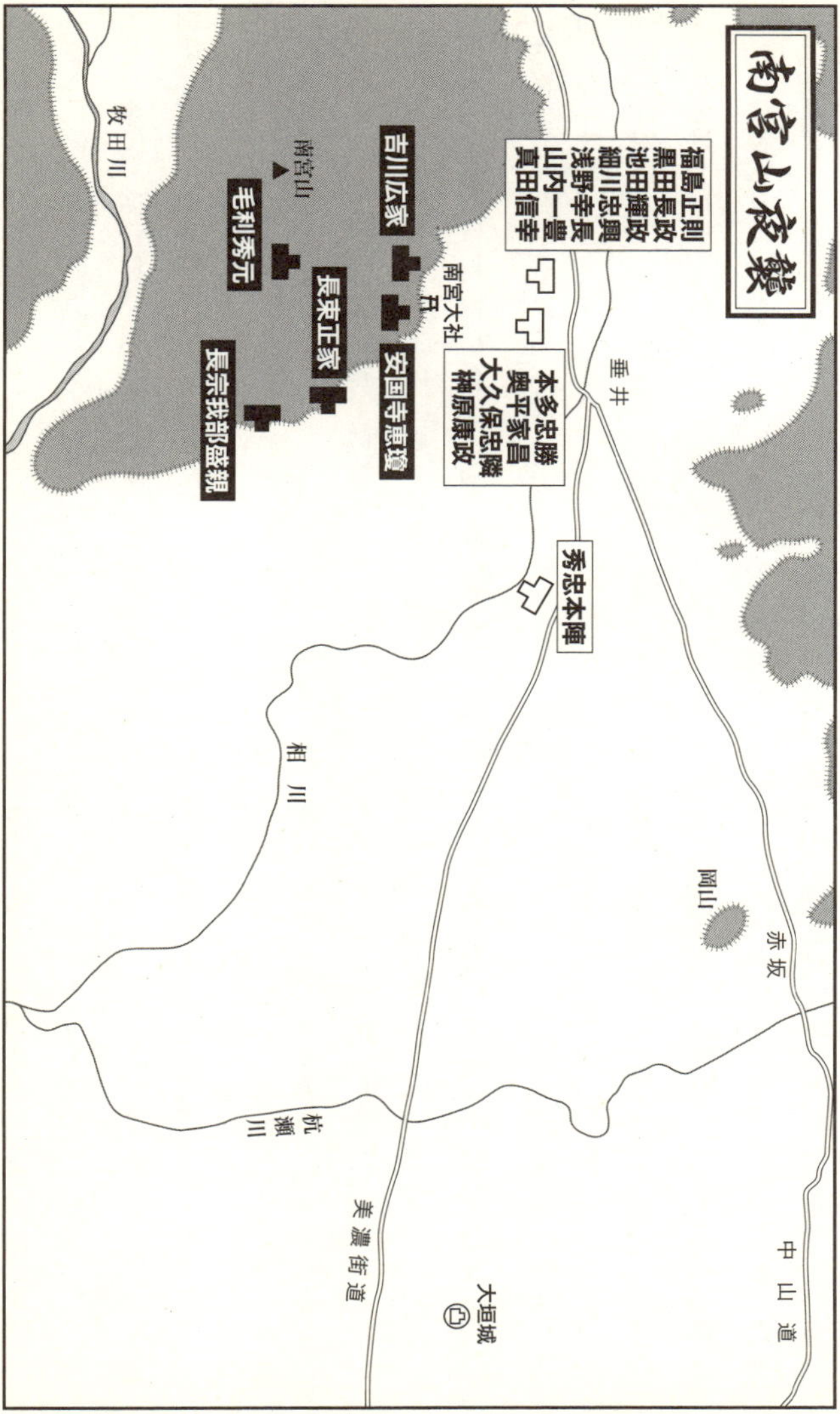
南宮山夜襲
福島正則
黒田長政
池田輝政
細川忠興
浅野幸長
山内一豊
真田信幸
吉川広家
毛利秀元
南宮山
南宮大社
長束正家
安国寺恵瓊
長宗我部盛親
本多忠勝
奥平家昌
大久保忠隣
榊原康政
垂井
秀忠本陣
牧田川
相川
杭瀬川
美濃街道
岡山
赤坂
中山道
大垣城

「畏れ多くも神域なれど、ここは」

「さて、御家の体面に関わるが」

言うまでもない夜討ちの定石だが、忠勝が悩み出す。信幸は引き受けることにした。

「ならば、われらが」

「やってくれるか」

「どのみち、地獄へ落ちる身。いまさら」

「助かる。ではわれら、吉川の東、安国寺の坊主と長束勢を蹴散らし、長曾我部に備えよう」

「承知仕《つかまつ》った。さすれば毛利攻めの触れ、赤坂の者たちへ」

「早く仕掛けよう」

「夜が更《ふ》けてからでは」

「いかに寝返りそうな敵とて、目も耳もあろう」

「なるほど」


数万の軍勢の移動である。時を置けば警戒されて当たり前だ。信幸は早速、使いを送った。

南宮山の麓にある神社は美濃の一宮である。本陣を神域に置くのは兵の乱暴や動揺を抑制する効果を期待できたり、木が多くて敵からの狙撃を防げるからで、大将の信心深さとは関係がない。

吉川広家の場合、山上にいる毛利秀元の将兵が勝手に下りられないよう、出口を押さえるのが布陣の目的であった。麓にいる吉川勢三千が、山上の一万五千を封じる。この働きにより、愚かにも上方勢の総大将に祭り上げられてしまった毛利輝《てる》元《もと》の罪を帳消しにし、毛利百二十万石の本領安堵を勝ち取るのが、広家にとってのいくさである。

南宮山の麓には安国寺と長束の軍勢もいるが、

いずれも二千足らずで戦意は薄い。戦う気のありそうな長曾我部勢は南へ下げ、徳川方が中山道《なかせんどう》を通過する際、邪魔をできないよう配慮してあった。これほど明らかな誠意を示し、通じないわけがない。広家は家康の情にすがるのみである。

「山が！」

突然、騒がしくなった。陣小屋を飛び出した広家が見上げる視界いっぱいに、炎と黒煙が広がっている。

「愚か」

こんな時に失火とは、不注意にもほどがある。

広家は軍勢の動揺を収めるや、すぐに北への退避を命じた。今のままでは、山上の軍勢が逃げられない。

「敵にござる！」

「馬鹿な」

「福島、池田勢が北より」

ようやく広家は、敵による付け火だと理解した。

「鉄炮衆を北の木の陰に」

「は」

「他は東へ。道を空けねばならん」

ますます山の火は勢いを増し、じきに多くの兵が焼け出されてくる。急ぎ退散しなければ、山から逃げる味方の兵に押し潰《つぶ》されるだろうが、しばらく鉄炮衆で時を稼ぎさえすれば、敗兵の波に飲まれるのは敵のほうだ。

境内にある雑木の一本一本にひとりずつ鉄炮撃ちを配するよう指示してから、残りの手勢を率い広家は逃げ出す。夜分ゆえ後方を見られぬ鉄炮衆は、捨て残されたと知らぬまま、前方から近づく敵の発する音へ意識を集中していたが、敵を引き寄せる前に勘の鈍い者が初弾を放つや、でたらめな乱射が始まる。放たれた玉の多くは林を抜ける前に、幹へめりこんだが、音だけで敵の足を止められるのは疑いなかった。

前方の暗がりから鉄炮の轟音《ごうおん》を聞き、全軍の足が止まるや、福島正則は叫んでいた。

「止まるでない！」

銃声から判断して、吉川の鉄炮衆、さしたる数でない。小勢を足止めに残したとすれば、足を止めての撃ち合いが最も愚か。いずれの撃ち出す玉も木と闇に遮《さえぎ》られ、的へは届くまい。

周りの味方が足を止め、射撃を始めるのをよそに正則は叫ぶ。

「臆するな！　闇夜の鉄炮なぞ当たらぬ。まずは毛利宰相（秀元）が首、もらい受けるぞ。山へ進めやあ！」

そうは言われても、前に鉄炮、その先は大火事である。当然のように福島勢も足を止めるが。

「どけどけ！　臆病者は道をあけい！」

ひときわ騒がしい一団が、味方を押し分け前進していく。正則は嬉しそうに尋ねた。

「あれは誰ぞ」

「大野修理《おおのしゅり》（治長《はるなが》）に候」

「ああ、あれが。なかなかやるではないか」

前田利長《まえだとしなが》による家康暗殺計画に加わったとして処分された大野治長は、一番槍の功を求めて福島勢に陣借りしている。治長の母が淀《よど》の方《かた》の乳母をしていた関係で、豊臣家とは近しい。

治長らの元気のよさに引きずられ、福島勢が進み出す。正則は再び声を張り上げた。

「続けや！　敵は小勢ぞ！」

「山が火事ぜよ！」

戦いから遠ざけられている長曾我部勢だが、戦意は高い。長曾我部盛親が命ずるまでもなく、六千を超える軍勢は、すぐ臨戦態勢になった。

山上の毛利勢を北側の麓へ追い立てる目的だろう。敵による放火と見抜いた盛親は敵を待ち受けるべく軍勢を少し北へ動かし、風向きが変わればば延焼の危険がある山側へ、あえて鉄炮衆を伏せた。

やがて安国寺と長束の兵たちが、ばらばらに逃げて来る。南へ逃げるばかりで、誰も大垣へ向かおうとしないのに一抹の寂しさをおぼえる盛親だが、元から戦う気は薄かったのだろう。この兵たちを追いかける敵が、盛親の獲物になる。

軍勢を折り敷かせ、盛親は静かに待った。乱れたざわめきが、徐々に近づく。追い討ち時に発生する独特の騒音が大きくなり、そして騒音の発生源が、夜目にもはっきりと姿を現わす。

「放て」

合図の鉄炮が天に放たれ、伏せていた鉄炮衆が撃ち始めた。隊伍崩れた敵の横腹へ、長曾我部勢は突進する。

同じころ、明るい月の下、吉川勢は北東へ逃げている。三千いた兵は混乱の中に溶け、残るは千足らず。ひたすら走り、大垣の味方と合流するのみだ。できるものならば。

右から銃声がする。安国寺と長束が襲われているのだろう。合流を避け、正しかった。敵のいる可能性が高い北東へ、あえて進んだ後、相川の手前で南東へ転進する予定である。

敵が夜討ちの本陣を置くなら、相川を堀に見立てた陣を敷くのが筋だった。案に違《たが》わず、敵の間をすり抜けることができそうだ。あとは大垣へ送った使いが、どれだけ早く救援を連れて来るか。

川向こうに敵陣があると報告を受け、広家は予定通り南東へ向きを変えた。川向こうの敵の役目は、夜討ちを行なった者たちの退路を確保することにあり、わずかな軍勢を見かけたからといって、川を渡りはしない。多く物見を出して警戒を厳にするのがせいぜいだ。

しばらく川沿いに進み、前方に軍勢を見つけると、ようやく広家は緊張を緩める。やはり、川向こうの敵は動かなかった。

程なく、かすかに聞こえる虫の音に代わり、後藤又兵衛率いる黒田勢の銃声が辺りを満たすことになると、まだ広家は知らない。

急を知って、明石全登《あかしたけのり》の宇喜多《うきた》勢が駈け付けた時、すでに吉川勢の壊滅は明らかで、全登はわずかな兵を回収した後、西へ進み、長曾我部勢を先導して大垣へ戻る。城内は大騒ぎになった。

主、石田三成から預かる軍勢を叩き起こした島左近《しまさこん》(清興《きよおき》)は、すぐにも出られるよう準備を進め、臨時の軍議に出た三成が戻るころには、号令を待つばかりだった。

「出られますぞ」

「ん」

三成は考え事の邪魔と感じたか、露骨に嫌そうな表情になる。主の不機嫌に慣れっこな左近は動じない。

「軍議は、いかがなりましたか」

「今宵は兵を出さぬ」

「されど、やられっぱなしでは」

「明日だ。明日の夜、関ヶ原へ移る。さすれば御味方の大勝利よ」

「何もなさらねば兵が逃げます」

兵どころか、軍勢ごと逃げ出されてもおかしくなかった。断片的にしか状況はわからぬものの、南宮山の毛利勢は敵の夜討ちにあったらしく、姿を消していた。最善の可能性として、大坂へ後退したと考えても、決戦に間に合わないのは明白だ。最悪、壊滅などしていようものなら、毛利の名を頼りに集まった上方勢は瓦解しかねなかった。

「左近よ、何もせぬは、まずいか」

「御意」

「夜中の行軍ゆえ、なるべくなら兵は休ませておきたいが」

「小勢にて仕掛けましょう。仕掛けし日の夜に西へ動くとは、敵も思わぬものと」

「任す」

その一言で頭を切り替え、三成は明日の夜間行軍の準備に没入する。任された左近は石田勢から精鋭を選んだ後、味方の中で例外的に戦意の高い宇喜多勢の明石全登を誘い、策を煮詰めていった。左近が敵を釣り出し、全登の鉄炮衆が叩く。単純なだけに、うまくいくかは采配次第で、やりがいがある策だ。

　翌朝、左近は深刻な顔の主と対面する。

「他言無用ぞ」

「は」

　念を押す必要はないのだが、わざわざ口にしてしまうところが三成の、誤解されやすい性質である。左近にしてから、主に悪意がないと理解できるまで、しばらくかかった。三成は事務的に情報を伝える。

「毛利宰相（秀元）は福島勢に討ち取られ、出雲侍従（吉川広家）は黒田勢の虜となった。長曾我部の他は、逃げたようだ」

「は？」

「聞こえなんだか」

「いえ、まさか」

「よからぬ噂が広まる前に仕掛けよ」

「殿、この期に及び、なお戦えましょうや」

「ぬしの口から、弱気な物言いを聞くとはな」

「弱気だなどと。いかに強気でも、兵に逃げられては戦いようがござらぬ」

「逃げはせぬさ」

「何を仰せで」

「関ヶ原のいくさ支度、刑部《ぎょうぶ》（大谷吉継）が万端、仕上げを整えておる。軍勢が関ヶ原の野城に入りさえすれば、明らかなる勝ちいくさに、なんで兵どもが逃げ出そう」

　大谷吉継率いる八千余の軍勢は、越前で前田利長に備えていたが、決戦のため十日前に関ヶ原へ入り、陣地構築に勤《いそ》しんでいる。

「兵の勇気が挫《くじ》けぬほどの野城なのでしょうか」

「とうに下ごしらえは終わり、仕上げのみぞ。刑部が手並みを信じぬのか」

「いえ、刑部様なら間違いなく」

「すでに松尾《まつお》山へ新城を築き、中山道は押さえた。あとは北国脇往還《ほっこくわきおうかん》へ寄せ来る敵を、ぬしが手並みにて存分に叩きのめすがよい」

「承知」

左近は主の戦略構想を理解した。野戦築城による後手必勝戦術は長篠《ながしの》以来、賤ヶ岳《しずがたけ》、小牧《こまき》を経て、すでに戦いの常識となっている。空堀と土塁、柵によって守られた陣地に鉄炮衆を入れて敵が攻め疲れるまで待ち、温存した兵をもって逆襲に転ずる戦い方は、地形次第で無敵となるのだ。

納得できた左近は明石全登へ使いを送ると、五百の兵を率い、八万の敵が待つ赤坂・岡山方面へ向かった。

赤坂と大垣で睨み合う状況が続く中、誰が決めたでもなく自然に、両軍の境界は間を流れる杭瀬《くいぜ》川となっている。なのにその朝、わずかな石田勢が川を越え、なお進み来る様子を見て、赤坂の諸勢は色めき立った。

前夜の襲撃に参加した軍勢は皆、秀忠のいる岡山で兵を休ませている。特に深追いのあげく、長曾我部勢から痛撃を食らった信濃勢はまだ再編中で、おいしそうな手柄を目の前に、歯噛《が》みする思いであろう。元から赤坂にいた諸将が深追いをせず、夜討ちの常識に従いさっさと撤収したのとは対照的だ。

昨晩は成功を危ぶみ、夜討ちに参加しなかった家の軍勢が、無謀な石田勢に向けて赤坂の陣から次々に飛び出す。何を考えてか、石田勢は飛び道具を持たず、その事実が、さらに多くの兵を引き寄せた。

前夜に危険を冒して南宮山へ横谷左近の手勢を送り、火付けの隠れた功を立てた真田信幸は、本多忠勝と戦果確認の話し合いをしていたが、報告を聞き眉間《みけん》に皺《しわ》を寄せる。

「囮《おとり》ですか」

「だな」

「むざむざ釣られぬよう致さねば」

早速、ふたりは使いを散らし、岡山にいる軍勢の暴発を抑えるが、赤坂へは手配が遅れた。ふたりが遠望する前で川向こうへ敵味方が消え、しばらくして銃声が鳴り響く。川向こうへ釣り出された連中は、そのうち逃げ戻るだろう。

「むざむざ釣られたな」

「見え透いた手に」

「功を焦らば、仕方なし。こちらは大した痛手にあらねど、敵には意味があろう」

「勝ちいくさに敵兵が快哉《かいさい》を叫びましょうとも、せいぜい一日二日。じき昨夜の惨状が噂となり、戦えなくなりましょうぞ」

「そうならよいが」

「いずれにせよ、御味方の大勝利は疑いなく」

「うん。ぬしが火付け働きのおかげぞ。ようやったものだ」

「過分な御言葉、忝く」

信幸は配下に多くの忍を抱えていた。火の扱いは忍の本分である。もっとも、中立交渉中の毛利勢が、油断を通り越して弛緩《しかん》していなければ、易々と何ヶ所もの放火を許さなかったろう。

西と南から炎に追いたてられた毛利勢は恐慌に陥り、戦闘態勢を取る余裕なく崩落した。毛利秀元の本陣だけ集団として下山するも、統制を保ったがため、かえって福島勢から狙われる結果を招いたのだ。

「さて、出雲侍従《いずもじじゅう》（吉川広家）だが」

「未だ黒田家の預かりなれど、やはり」

「うむ。岐阜へ届けるよう」

「手配致します」

逃走の経路を読まれ、後藤又兵衛に待ち伏せされた吉川広家は生け捕りにされ、家康のもとへ送られることになった。この黒田勢と、毛利秀元を討ち取った福島勢とが、夜討ちの一番手柄である。


それでいい。真田の働きは陰に隠れていればいいと、信幸は思っている。世をおのが夢に近づけられるだけで、信幸は心底、満足だった。


九月十三日に岐阜城へ入った家康は、昼を過ぎてから南宮山大勝利と杭瀬川敗北の報せを、神妙な顔で受け取る。状況が秀忠を中心に流れ出した。どうやら望みは、かないつつあるらしい。

図ったように、ちょうどよい頃合で先着してくれたものだ。もし秀忠が、家康より遅れでもしていたら、最悪の場合、心にもない起請文を毛利両川（吉川広家・小早川秀秋）へ出し、なりふり構わず味方に取り込もうと焦る破目に陥っていたかもしれないのだ。決戦直前にあたふたと和議の約束を取りまとめる無様さを思い、家康はひとつ、息をついた。

そんな、ぎりぎりまで勝敗のみえない状況に追い込まれなくてよかった。様々な工作の中でも、寝返りは特に不確実で、できるなら使わずに済ますほうが安心である。腰の定まらぬ相手にやきもきしながら、敵か味方かと寿命の縮む思いをするなど、真っ平だ。

考えに耽《ふけ》る家康を気遣いながらも、取次を任された本多正純《まさずみ》が、家康の前に出て平伏する。

「黒田家より、出雲侍従（吉川広家）が送られて参りました。御目通りを是非に願うております」

「ん。苦しゅうない」

状況が違えば今ごろ、徳川家が平身低頭して吉川・小早川の御機嫌を伺わねばならなかったかもしれぬ。そう考えるだけで現状は愉快だった。

さすがにやつれた様子の広家だが、目は死んでいない。まだ使えそうなので、家康は本心からにこにこと、惚《とぼ》ける。

「出雲殿、こは、何の間違いぞ？」

「は、間違いとは」

「わが兄弟とも思う安芸《あき》殿の軍勢を襲うとは、粗《そ》忽《こつ》なる阿呆息子め、功を焦りおったか。きつく叱りおくゆえ」

「では、内府様の御意向に反すると」

「当たり前ではないか」

「当方よりの釈明、いちいち御了解と、黒田甲斐守（長政）へ書状にて御伝えなされしは、先月にござったが、まだ」

「ああ、左様な書状が。甲斐へ遣った。うん、間違いないぞ。安芸殿と争う気はない」

「安堵致しました」

「しばし、岐阜に御逗留あれ。治部（石田三成）めを成敗致して後、じっくりと」

「何たる温情。有難き幸せにございます」

嗚咽《おえつ》しそうな広家の姿に、家康は内心で、ぺろりと舌を出した。家康には、大坂城へ居座る毛利輝元と争う気は実際ないが、敵の総大将たる毛利家を許す気もまた、ないのだ。

その夜遅く、本多正純の父、本多正信からの急報が岐阜に届いた。あらゆる情報は本多正信のもとへ集まり、しかるべきものだけが家康へ届けられる仕組になっている。

「上様、御休みのところ、ご無礼をば」

「何ぞ」

払暁《ふつぎょう》に岐阜を発つ予定で、早く休んでいた家康は正純の声に、すぐ目を覚ます。

「敵軍勢、大垣より西へ逃げ出したと」

「まことか」

「大垣へ物見を送りました。恐らく左様で」

上方勢主力三万七千が大垣城を出てから、すでに三刻（六時間）が経過している。昼間の勝利で意気上がる上方勢が、昨夜のお返しに夜討ちをかけるかも、との用心を優先していた徳川方は、機先を制された格好だ。

「追い討ちは」

「福島、黒田を先鋒に、そろそろ出るものと」

「倅《せがれ》は、どうする」

「後ろに付き、西の桃配山《ももくばり》へ布陣することに」

「よろしからず」

「上様？」

「夜の闇は何があるやら。夜の明けるまで留まり、明け方に南宮山へ向かうよう伝えい。こちらは入れ替わりで岡山に陣を敷く」

「父へ申し伝えます」

やや過保護気味だが、夜間に伏兵を警戒するのは当然である。石田三成への敵愾心《てきがいしん》旺盛ながら、徳川の命に服するか保証の限りでない諸将に対し、家康自身が睨みをきかせたい思いもあった。逃げる敵を深追いし過ぎたら、逆襲される恐れは強い。

敵が態勢を立て直すなら、三成の居城、佐和山《さわやま》が拠点になろう。近江との国境《くにざかい》を越えぬよう、諸将へ警告すべしと家康は正純に付け加えた。佐和山攻略の布陣を家康が定めるのは、桃配山に入ってからだ。

このとき家康は、状況を完全に誤認していた。

関ヶ原《せきがはら》で、山に挟まれ細くなった中山道の、南を押さえるのが松尾山城、北を押さえるのが山中《やまなか》村だ。軍勢の配備を手配し終え、石田三成は先着していた大谷吉継を訪ねる。

「見事な野城、よくぞ仕上げてくれた」

「もう済んだのか」

吉継の声に驚きがこもる。大垣から来た軍勢は深夜にもかかわらず、ものの二刻（四時間）ほどで配備を完了し、残る作業は、各軍勢の荷駄を少しずつ陣の後方へ入れるだけとなっていた。

「このくらい、渡海の用意に比ぶれば、何ほどのことがあろう」

「そうさな」

「明日、長曾我部勢を松尾山へ入れ、布陣は完成ぞ。合戦が楽しみだ」

「夜を徹しての行軍に布陣。明日は兵を休ませねばなるまい」

「今宵のうちにやりたかったが、松尾山は道が細く、暗くては布陣できぬ。困ったものだ」

「通りやすくては城の役に立たんぞ。長曾我部勢は、いったん中山道の奥へ迎えた。よいな」

「軍勢を休ませる間のみ。どこでもかまわぬ」

細々《こまごま》した確認に移ろうとする三成だが、急報が届く。

「宇喜多勢の荷駄が、敵に出くわしたらしい」

「追いかけてきたか」

「まだ内府が来ぬ。すぐには始まるまいが」

「物見はこちらでやる。できるだけそちらは休んでもらいたい」

「助かる」

「何を今さら」

三成は笹尾《ささお》山の自陣へ戻り、吉継は夜明け近くなってから多数の物見を放つ。宇喜多勢と接触した福島勢は烏頭坂《うとうざか》に下がり、黒田、細川らは北の丸山《まるやま》付近に固まっていた。

中山道を進むのが敵の目標だから、福島勢の布陣のほうが正しい。全軍の先頭を確保する福島勢の狙いは、一番槍の名誉だろう。で、他の連中は何を狙う。

少し考え、吉継は笑い出す。

連中が狙うのは、丸山から一番近い上方勢、すなわち笹尾山の石田勢に違いない。いくら三成へ恨みがあるといっても、空前の大合戦を私闘の場にしようとは、たいしたわがままだ。

これらの軍勢が盆地への入り口を塞《ふさ》いでしまっているから、徳川勢は入り口の途中で止まり、すぐには戦いへ加われなくなろう。数では不利な上方勢にとり、徳川方が逐次戦闘加入を余儀なくされる状況は、理想的であった。

さらに広く物見を散らそうと準備を進める吉継だが、少しあとに出現した予期せぬ大軍、小早川勢の動きに困惑することとなる。

すでに、予期せぬ状況へ放り込まれている小早川秀秋《ひであき》だが、中山道を東へ行く当人は、まだ現実を把握できていない。

小早川勢一万五千は上方勢の伏見城攻撃に参加したが、これは入城を伏見城代、鳥居元忠《とりいもとただ》に断わられたからで、徳川へ味方すると、とっくに決定は下っていた。

けれど、どこにも徳川方の姿を見出せぬまま、上方勢から疑われつつ、ふらふらさまよってきたのが、これまでの経緯である。そして様子見に専念するため、主戦場になるはずの大垣から少し離れ、しかも安全な場所を探すことが、現在の急務なのだ。

この日、中山道を東へ進んだ秀秋は、大垣から四里近く西にある理想の隠れ場所、松尾山城を発見した。石田三成からこの城を預かっていた大垣城主、伊藤盛正《いとうもりまさ》は、豊家御一門の小早川勢を味方と判断し、秀秋の要求におとなしく城を明け渡す。

何もかも、この上なくうまくいった。安心感に満たされ、頂上にある本丸からの眺めを楽しもうと細い山道を登った秀秋は、しばし言葉を失ない、やがて、か細い声でつぶやく。

「なんだと……」

数知れぬ旗指物《はたさしもの》の波、軍勢の海が、眼下一面に広がる。おのれが決戦場にいる事実を、どうしても秀秋は受け入れたくなかった。

第二章

霧中関ヶ原

昨夜来の雨は小降りになったものの、濃い霧が立ちこめている。十四日は終日、岡山で状況把握に努めた家康は、桃配山へ進む馬上にて、九月十五日の夜明けを迎えた。

十四日未明、上方勢が大垣から逃げ出したと思い込み、慌てて追い討ちをかけようとした徳川方諸将は、堅固な陣地を前にして手を出せなかった。

敵陣を探る他にも、追い討ちに不要と置き去った鉄炮衆や荷駄などを呼び寄せ、狭い盆地内で自由に進退ができるよう、割り振りを定めねばならない。あらかじめ練られていた計画に従った上方勢に比べ、泥縄では齟齬《そご》が多くなって当然だ。

家康は井伊直政と本多忠勝を送り、布陣の確定を急がせたが、夜明けから一刻以上たっても、まだ戦える状態になく、陣地で休息中の敵を襲うことができなかった。午後になると、逆に徳川方のほうが休息を必要とする始末である。

結局、昨日は開戦を見合わせ、物見を出すに留まったのだが、もしろくに調べもせず、勢いのまま火蓋《ひぶた》を切っていたら、大変な苦戦を強《し》いられたに違いない。敵は北国脇往還と中山道を土塁と柵で完全に封鎖し、場所によっては池や湿地を堀に見立てる構えで、攻略の困難は容易に予想できた。

しかも、身動き取れぬ狭さである。石田勢の陣など特に人気が高く、その前には軍勢が密集していた。いくら大軍を擁しても、前を塞《ふさ》がれては、迂闊《うかつ》に投入できない。しばらくは関ヶ原に入った五万、そして家康の三万で戦うのみである。

桃配山に着くと、真田信幸が待っていた。

「いつでも、南宮山より出られますれど」

「うん」

飽和状態の関ヶ原に入れぬまま、南宮山では五万四千が遊んでいる。大垣城を警戒する軍勢は勘定に入れなくても、である。家康はぶっきらぼうに続けた。

「狭いな」

「は」

桃配山の本陣も確かに狭いが、その話ではない。秀忠の側近らは徳川にふさわしい働き場所を見出せず、誰も、おのれが家康の機嫌を損ねるのを恐れて、外様の信幸を使いに立てた。信幸にしても、この狭さは手詰まりである。

「なんぞ、申しに参ったのではないのか」

「恐れ入るばかりながら、御伺いを」

「ふん、数は揃うても知恵者がおらぬ」

「は。中には夜討ちの総大将の功あるゆえ、ここは次に備うべしとまで申す者すら」

「ああもう、いくさを知らぬ者ばかりだ」

「御意。後備《うしろぞなえ》は先手《さきて》と一蓮托生にて、先手破れれば、後備みずから崩るるは必定」

「ほ、少しは存じおるな。やはり武田《たけだ》の家中よ」

「もったいなき御言葉」

「ぬしでも、知恵は出ぬか」

信幸に返す言葉なく、家康が陰気に爪を嚙《か》み出す。そこへ藤堂高虎が訪ね、家康の顔が少し明るくなった。去ろうとする信幸を手で留め、家康が高虎に笑いかけると、高虎も笑みで応じた。

「いよいよにございますな」

「着陣を軍監（井伊直政と本多忠勝）へ報せたれば、そろそろだ。ぬし、戻る頃合ぞ」

「おひとつだけ」

「何かな」

「かねて誘いかけたる中に、松尾山近くで布陣する者らがおりまして」

「お、左様か」

「よろしゅうございましょうや」

「任す。この伊豆守（真田信幸）と相談致せ。わが望みを、よう存じおるわ」

「仰せのままに」

高虎が徳川家臣のような態度を崩さず信幸と去り、にこやかに家康は見送る。やがて濃い霧の中から銃声が小さく聞こえ、関ヶ原合戦は始まった。

あえて福島正則が石田勢を無視して中山道を先へ進み、徳川方で一番西に陣を敷いた理由は、先鋒を譲りたくないこともあるが、狭苦しさを嫌ったからが大きい。福島勢の南には、藤《ふじ》川沿いの高所で柵を構えた諸勢が並ぶものの、正則はこれも無視する。

見るからに攻めにくい堅陣へ小勢が入れば、おとなしく眺めていたいのが人情だ。身の安全を捨てまで、数の多い軍勢相手に喧嘩を売ることはしない。正則の読みを証明するごとく、小川《おがわ》、脇《わき》坂《さか》らの軍勢は正則が鉄炮衆で挑発しても、まったく反応しなかった。

かくて福島勢六千は北西に敵を求め、宇喜多勢一万七千が守る柵へ、一心に突っ込んでいく。


宇喜多勢が拠《よ》る天満《てんま》山南の陣は、山を背にして土塁に守られた主陣地と、最前線の柵との間に空間が設けてある。宇喜多先鋒八千を率いる明石全登は福島勢の勢いを見て、わざと柵内へ引き込む策を取った。宇喜多の鉄炮衆は後方の主陣地に残り、柵内のそこここで、長柄《ながえ》による叩き合いが始まった。

「押せ！」

全登の声に従い、宇喜多勢が福島勢を押し返す。柵内へ入る際、どうしてもばらばらになる福島勢のほうが、叩き合いでは不利である。

押しつ押されつの攻防は続く。主から示された方針に見合う展開だ。方針の通りなら、大合戦にふさわしき壮大な罠が準備されているらしい。全登は声を張り上げ兵を叱咤《しった》しながら、少し愉快になった。

二度三度と柵外へ叩き出された福島勢が、今度は示し合わせ、一斉に各所から柵内へ入ると、合流して長い列の槍衾《やりぶすま》を組む。ここが勝負どころだ。

「引き付けよ！」

宇喜多勢の長柄の穂先が地に伏せる。ゆっくりと福島勢が近づくのを槍奉行たちは見守り、すぐ目の前になった時、異口同音に叫んだ。

「かかれ！」

激しく太鼓が打ち鳴らされる。敵兵の視界の下から、ずい、といきなり突き上げられた穂先に福島勢の足が止まり、先手は宇喜多勢が取った。

宇喜多勢が押しまくる叩き合いを全登が見つめる中、不意に数名の鉄炮衆が柵内へ侵入し、叩き合いの端のほうへ猛然と走り出す。狙いを察知した全登が思わず声をもらす。

「いかん」

ぬかった。こちらの手元に鉄炮衆がないと読まれたらしい。主力の軍勢を壁として使うとは、味な真似を。

敵の狙いは全登に決まっていた。今から何をしても間に合いそうにない。全登は覚悟を決め、機を見るに敏な敵将を称える。

敵の鉄炮衆は叩き合いの横をすり抜けて、本陣を狙える位置に腰を据《す》え、慣れた手つきで早合《はやごう》を入れると、カルカを押し込む。その時、叩き合いの端にいた総髪の大男が長柄を放り捨て、喚《おめ》きながら走り出す。異形の大男の出現に、鉄炮衆の手が止まった。

男は居並ぶ筒先に怖じることなく駈け抜け、素手で次々に鉄炮衆を殴り倒す。福島勢の長柄が柵外へ叩き出されると、全登は男を本陣へ招いた。身の丈六尺（百八十センチ）近くあろうか、髷《まげ》を結わぬ異様さを、なんとなく全登は気に入った。

「天晴れ、助かったぞ。明石掃部頭《かもんのかみ》じゃ」

「新免無三四《しんめんむさし》」

「たいした腕っぷしだ。得物を与う、近侍せよ」

「忝《かたじけな》し」

食い扶持《ぶち》欲しさに足軽を選んだ無三四には、望外の出世である。保木《ほぎ》三万三千石の主にくっついていれば、間違いはあるまい。無三四にとり、それだけのいくさだった。

笹尾山の石田三成は緊張を隠さぬながら、予定通りの展開に頷《うなず》きつつ、内心でほくそ笑んでいた。三成の組んだ予定では、この合戦はふたつの段階に分かれている。

第一段階では敵を消耗させる。そして戦い疲れた敵を新手の投入により駆逐するのが第二段階だ。現在、徳川方五万を相手に戦っているのは、石田勢先鋒二千、小西勢四千、宇喜多勢先鋒八千、大谷旗下の四千、計一万八千で、互角以上の戦いにより敵から体力を奪っている。

関ヶ原における徳川方の予備兵力は家康本陣の三万だが、慎重な家康が本陣を前に出すことはないと、三成は踏んでいた。

一方、三成が土塁の奥に温存する兵は石田勢四千、人数はわずかながら大坂より招いた豊臣家黄《き》母衣《ほろ》衆を旗頭とする伊藤盛正《いとうもりまさ》らの二千、島津《しまづ》勢千五百、宇喜多勢九千、大谷旗下五千、さらに中山道の奥に長曾我部勢六千、併せて二万七千五百だ。敵を多く抱える石田勢の温存は難しかろうが、石田勢を除いても二万三千の新手を加えれば、疲労困憊《こんぱい》した敵を破るに充分。そう三成は算盤《そろばん》を弾いていた。

関ヶ原の外にも徳川の軍勢はあるが、目の前の敵を破れば敵兵は逃亡するだろうし、勝手に松尾山城を占拠した小早川勢が味方に加わるはず。敵にどれほど余力があろうと、この一戦に敗れたら、徳川は旗を巻くしかない。

　天下を騒がした罪を許すにあたり、徳川の所領を百万石程度まで減らせば、少しはおとなしくなるだろう。戦後も見据えた三成の予定は、はるか豊臣家の末代まで続いているが、何もかもこの戦いに勝ってからである。島左近が撃たれたと聞いても、三成の予定は揺らがなかった。

「不覚、面目ござらん」

「何を申す。見事な働きぞ」

　敵を押し返さんと柵外へ出た際、黒田勢の伏兵に山側から狙撃されたものだが、石田勢の戦意は高く、左近が抜けても戦いに差し障《さわ》りなさそうだ。

　三成は命じる。

「左近、佐和山へ戻れ」

「これしきの傷、まだまだ戦えます」

「聞け。安芸中納言（毛利輝元）に、佐和山への御出馬をお願いした。そちに出迎えを頼みたい。まずは傷を癒《いや》せ」

　こんな時でさえ本心を隠し、出迎えなどという理由を拵《こしら》えるのは、三成が嫌われる理由のひとつだろう。けれど左近には、主の心配りが嬉しい。

「殿、何を仰せで」

「いくさは、これで終わりではない。次に備えよ。ぬしともあろう者が、短慮を起こしてどうする」

　主は、勝つ気だ。

　三成の目に一点の曇りもない。それを確認し、左近は陣をあとにした。備えるべき次が、あるよう祈って。

霧が晴れて後は松尾山城の本丸から、合戦のすべてを一望できる。小早川勢は、ほとんどの兵が麓で待機中だ。昨日までは、機を見て上方勢に仕掛けるだけの、簡単ないくさだと、小早川秀秋は思っていた。

ところが、よくよく状況を調べてみると、そう簡単ではない。狭い松尾山城には万を超える大軍を収容することができず、軍勢は麓に置かねばならぬが、赤座《あかざ》・小川・朽木《くつき》・脇坂と、北から一列に高地で布陣する上方勢四千余、加えて大谷勢千が、小早川勢一万五千を半包囲する格好で待機しているのだ。徳川方と戦う別の大谷勢が崩れでもしない限り、めったやたらに動けない状況だった。

小早川勢と徳川方の連絡を遮断する、赤座らの陣を突破できればいいのだが、それぞれの陣は川に柵と土塁、空堀で堅く守られ、脇坂の陣など一部に石垣すら築かれる念の入れようだ。

狭い所へ押し込められている小早川勢には、数の優位を発揮するための空間がない。赤座らの陣を突破できぬ以上、動かぬまま、いや、動けぬままの様子見が、唯一の選択肢である。

そして昨日だ。思い出して、秀秋は苦笑する。石田三成、大谷吉継らより、秀頼が十五歳になるまで関白職を譲り渡すとの誓書が届けられたのは、何の冗談か。若い秀秋でも、さすがに空証文の見分けくらいできた。

そんな状況下、昨夜は雨の中、石田三成が松尾山の麓まで来て、小早川家重臣、平岡頼勝《ひらおかよりかつ》と翌日の戦い方について話し合った。敵が攻め疲れるのを待ってから攻めかかる、との都合のいい内容を聞き、かえって秀秋は訝《いぶか》しむものの、歓迎すべき話ではある。

秀秋には黒田長政からの誘いのほうが有難いのだが、なぜかぷっつり、黒田家から使いが来なくなっている。せっかく調略をかけていた毛利を襲撃され、長政がへそを曲げたとは、余人に窺い知れぬ話だろう。

どちらが勝つにせよ、このまま動かずにいたら、万事うまくいく。そう思えるような環境が整いつつあった。いいことなのか、悪いことなのか。釈然としない秀秋を、使いが訪ねる。

「甲斐（黒田長政）殿にはあらず、佐渡（藤堂高虎）殿からの御使いとな？」

藤堂勢は、大谷勢に仕掛けては押し返されている、松尾山に一番近い徳川方だ。ずっと北で石田勢と戦う黒田より、適任かもしれない。少し納得した秀秋だが、使いの言葉に不快をあらわにする。

「左様にござる。御味方にございましょうや」

「申すまでもない。して、用向きは」

「御味方ならば、お願いが」

「何の話ぞ、よくわからぬ」

「いずれの御味方かがわからず、いささか困っております」

「内府に御味方致すと、申しておるではないか」

「中書《ちゅうじょ》（脇坂安治《やすはる》）殿の御話によれば、治部（石田三成）めが昨日こちらへ」

「参ったが、何か」

「金吾《きんご》（小早川秀秋）様が治部に御味方致さば、中書らに抗《あらが》いようはなく、よって身動き取れぬ、とのこと」

「左様なことを」

「お願い致したきは、中書らへ使いを送り、御互いに内府公へ逆心なしと、どうか確かめ合うていただきたく」

「なんともはや」

寝返りを考えている同士で、相手への疑心暗鬼から動けなくなっていたとは、間抜けにもほどがある。秀秋は使いに心からの謝意を述べ、合流を促す使いを立てることを約した。他の用事も済ませ、藤堂家の使いは薄笑いを浮かべながら陣へ戻る。まこと、間抜けにもほどがあった。

松尾山から戻った使いの報告を、藤堂高虎は真田信幸と一緒に聞き、得心した信幸が頭を下げる。

「御働き、忝く」

「無事に段取りは済みましたれど、これでよろしいのでしょうや」

「内府公は、豊臣の世を御望みには」

「なられますまい」

「されば、豊臣の御一門、豊臣恩顧、いずれの世話にもならぬよう」

「なるほど」

「豊臣恩顧の御方へ申し上ぐるは気が引けます」

「何をおっしゃるやら、真田の御家が武田の御家中とするなら、わが藤堂の家は近江浅井《あざい》の御家中ゆえ、織田《おだ》も豊臣もござらぬ」

「これは粗忽《そこつ》をば」

「いえいえ、よしなに」

「ただいまの御話、しかとお伝え申し上げる」

「有難きかな」

織田家に滅ぼされた家の者が、織田の世、豊臣の世と渡ってきたのだ。次が徳川秀忠の世になるのなら、高虎は手助けするまでだ。黒田長政が、おのれの寝返り工作に拘《こだわ》って調略の詰めを放棄した甘さを、高虎は嘲笑《わら》っている。おかげで、楽をさせてもらえた。

陽は真上に来た。正午を過ぎても相変わらず、松尾山から見下ろす戦況は膠着《こうちゃく》しているものの、疲労から両軍の動きが徐々に鈍くなっている。

小早川秀秋が注視するのは真下、藤川沿いの高所に布陣した諸勢だ。一番南の脇坂勢が南へ動き出すと、連なるように朽木、小川、赤座も南へ動く。これらは堅固な陣を捨てれば、併せて四千程度の軍勢に過ぎず、もし心変わりがあったとしても、単独では小早川勢の脅威にならない。

秀秋は胸をなでおろした。やっと、内府のため戦える。大谷勢を襲う命令を使い番に伝えようとする秀秋の耳に、思わぬ方向から貝の音が届いた。

東だと?

松尾山の山頂は北への眺望が開けている代わり、東は木々に遮られ、状況が見えない。急いで物見を発するよう指示を出す秀秋だが、今度は北が騒がしくなる。

秀秋は目を疑った。池田輝政《てるまさ》の軍勢が猛然と藤川を渡り、陣を捨てたばかりの戦意薄き諸勢を蹴散らす。その後方には見慣れぬ旗印の諸勢(信濃勢)が、群れを成して続く。

「だめだ！　戦ってはだめだ！」

秀秋の叫び空しく、池田勢は小早川勢を襲い、激しい銃声がこだました。撃ち合いである。もうこうなったら、戦うしか。

池田勢への攻撃を下知すべく、立ち上がる秀秋の身体を、重臣の平岡頼勝と稲葉《いなば》正成《まさなり》が押さえる。

「殿、短慮はいけません。決して戦うてはなりませぬぞ」

「放せ石見《いわみ》（平岡頼勝）。佐渡（稲葉正成）も邪魔すな」

「なりませぬ。徳川に刃向かうなど、断じて」

山頂を守る重臣たちは藤堂高虎の手引きで徳川につき、すでに近習らへの根回しもできていたのか、秀秋を助ける者はない。孤独と屈辱にまみれて、秀秋は配下の絶望的な勇戦を見守った。そこへ東から別の軍勢が、山頂へ現われる。

「見苦しや、金吾」

浅野幸長《よしなが》は冷たい目線を秀秋へ向けつつ、むざむざ重臣どもに裏切られた間抜けさを、本気で呆れていた。

「わが浅野と、ぬしが生家木下《きのした》は縁深き間、よって命までは取らん。われを差し向けし江戸（徳川秀忠）殿が温情、心して受け止めるがよい」

温情も何も、秀吉正室の甥《おい》を殺しては何かと不都合だから、手柄欲しさに殺したりしない幸長が選ばれたのだが、秀秋には屈辱を倍化させるようにしか聞こえない。

浅野勢六千は、寝返った小早川重臣らと共同で松尾山城を制圧し、休む間もなく山を駈け下る。池田勢らと撃ち合いを続けていた小早川勢は、背後から迫る浅野勢を見て、本陣のある松尾山城を落とされたと知り、一気に崩れる。

「終わった」

松尾山周辺の軍勢が、徳川方により一掃されたとの報告を受けて、大谷吉継は一言だけつぶやき、しばらく沈黙した。近侍する小柄な武者が、いたたまれず声をかける。

「刑部様、まだ」

「かえで、か。世話になった。忝い」

「まだ御味方は」

吉継は首を振る。中山道を封じる盾が割れた以上、敵はただ、前へ進めば勝つ。敵より先に、味方が気づく事実だ。

「小西勢、崩れました！」

「宇喜多勢まで！」

今度は、吉継の周囲が黙りこむ。吉継が穏やかに沈黙を破った。

「かえでよ、頼まれてくれるか」

「はい」

「倅ども（大谷吉治《よしはる》、木下頼継《よりつぐ》）には、まだ秀頼様への御奉公が足りぬ。できれば今しばらく」

「大坂へお送りせよと」

「すまんな。左近より預かる新吉《しんきち》（島清政《きよまさ》）も、連れて行ってくれ」

「では左近様も」

「ああ」

「刑部様」

温かな決意を気配から感じ、吉継は首を振る。

「いくさを始めし責は、当人が担わねば」

「されど」

「治部ひとりでは、荷が重かろうて。まことに、よき策であった。もう少しだったものを」

「まだ再起の道が」

「なるまいぞ。万一にでも豊家へ御迷惑がかかっては、太閤殿下へ顔向けできぬ」

「刑部様」

「さあ、去《い》ね。ぬしが馳走のおかげで、よきいくさができた。心残すは、ただに秀頼様の御安泰のみ。頼む」

「はい」

気配が消え、吉継はひとつ頷く。

「さあ、兵をまとめよ。まだ終わってはおらぬ」

凍っていた吉継の周囲が、忙しく動き出す。時間稼ぎにすら、ならないだろう。それでも、何かせずには死ねなかった。


徳川秀忠は南宮山の南へ回り込み、烏頭坂の手前に四万近い軍勢を留めている。池田勢と信濃勢、それに浅野勢と、併せて一万五千を松尾山付近へ送っただけで、すでに空間の容量はぎりぎりだ。

小早川勢を潰走《かいそう》させた徳川方は、山中村の大谷勢千を攻めたが、中山道を見下ろすきつい傾斜に難儀し、藤堂勢、京極勢の応援を得て、ようやく壊滅させた。すでに小西勢、宇喜多勢は兵が逃げ散り、小西行長《ゆきなが》も宇喜多秀家《ひでいえ》も西へ去っていた。

北の笹尾山で最後まで踏みとどまる石田勢に向け、徳川方が皆、馬首を向ける中、藤堂高虎だけは背を向け、南東へ急ぐ。藤堂勢の接近を知った真田信幸は、腰の重い秀忠側近らにかまわず、みずから迎えに出た。

「伊豆（真田信幸）殿、今、今こそ好機。今しかござらん」

早駆けで息を切らしながらの高虎の言葉に、信幸は戸惑う。

「今？　すでに手柄は、治部が首のみでは」

「何を呆けておられる。江戸殿が武功は、今からにござろう」

「あっ」

誰も彼も北へ向かい、今なら秀忠の四万が動ける。やっと信幸は、高虎の提案を理解した。

「すぐに江戸殿へ」

「われら露払いを致す。道塞ぐ敵を中山道から追い払わねば」

逃げる上方勢の兵を鉄炮で追い散らす、安全で旨みの多い役だ。ばらばらに逃げる敵を蹂躙《じゅうりん》するだけなら、藤堂勢二千余で、ちょうどいいかもしれない。

「忝い。追いつきますゆえ」

「江戸殿が佐和山を落とし、敵から大津を救い、堂々と大坂へ入城。さすれば内府公が望み、かないましょうか」

「必ずや」

藤堂勢が西へ向きを変えた。信幸は秀忠の本陣に入り、側近たちを焚《た》きつける。これまで秀忠が、総大将として実績を積んだのは事実だが、側近たちにはまだ、誇るべき武功がないではないか。

秀忠と共に後方にいたのだから、言われてみれば当然の指摘だった。今は笹尾山の石田三成の首に群がる、豊臣恩顧の諸将へ他の手柄をやることが、家康の意にそぐわないのも事実で、特に異論なく出撃は決まる。

徳川勢の先導役を買って出た信幸は真田勢二千余を率い、先行する藤堂勢を追った。中山道の敗兵掃除に、さしたる難儀もあるまいが、用心するに越したことはない。

外様の力を借りず、徳川の武威を示す。家康が理想とする展開であろう。戦後の恩賞配分を考えたら、この戦いの勝ち方は、とても重要な問題なのだ。もし外様に勝たせてもらう格好となれば、徳川に従わぬ大大名がいくつも現われ、徳川による天下の運営が難しくなる可能性すらあった。

だから、徳川の理想実現へ尽力するのが、生き残りたい外様の取るべき態度になる。藤堂高虎も信幸と同じ結論に至ったのだろう。目的を同じくする同士が協力し合うのは、自然な流れかもしれなかった。

状況がわからぬまま、長曾我部盛親は中山道を逃げていた。敵が攻め疲れたころ、大谷吉継の合図で逆襲に加わるはずだったものを、御味方総崩れの噂で兵たちが逃げ、やむなく西へ後退しているのだ。ろくに戦わぬままの退却は、大いに不満であった。

東から逃げる兵が徐々に増えてくる。どうやら噂は本当らしい。盛親は軍勢を急がせた。ここで力を合わせねば土佐へ帰れなくなる長曾我部勢は、三千ほどに数を減らしたものの、まだ統制を保っている。

後方から散発的な銃声が近づく。追い討ちなら、敵の足を止めねば、まずい。

「敵！」

「知っちゅう！」

叫んだ盛親は次々と指示を出し、迎え撃つ用意を進める。邪魔になりそうな他家の兵どもは、幸いにも遁走《とんそう》し姿を消した。代わって三つ餅の旗指物《はたさしもの》が視界を埋めていく。藤堂勢だ。

盛親の周りを固める、くたびれた甲冑《かっちゅう》の一領具足《いちりょうぐそく》たちが、下知を待たずに突っ込む。たちまち銃撃が打ち倒し、盛親は馬に飛び乗った。

「退《ひ》けえ！」

もう辺りを見渡す余裕はなく、盛親は必死で馬を駆る。普通の追い討ちと異なり、追いかけるよりも掃討が目的だから、鉄炮衆を前に立ててきたのは読み通りだが、いきなり百挺を超える数が出てくるとは予想外だった。

多くの鉄炮衆を抱えるだけで、高額の維持費が必要になる。いくさで派手に撃たせれば、なおさらだ。鉄炮衆さえ、もっとあらば。盛親は領国、土佐《とさ》の貧しさを恨んだ。

敵はわれ先に盛親を追いかけ、ぱたりと銃撃が止む。盛親は呼子《よぶこ》を口にくわえ、勢いよく吹き鳴らした。中山道を挟む左右の山裾から、伏せていた長曾我部勢が立ち上がり、隊伍の乱れた藤堂勢に襲いかかる。

長曾我部の罠にはまったと知り、藤堂高虎の決断は早かった。

「よいか、思うさま放て」

命じられた鉄炮奉行が狼狽《ろうばい》する。

「味方に当たります」

「かまわぬ。もたもたしては、御家の浮沈に関わろうぞ」

「されど」

「放て」

「は」

もうどうとでもなれ、という気分で鉄炮衆の所へ戻った鉄炮奉行は、無言でおのれの鉄炮を用意すると、敵味方いり乱れる中へ、みずから撃ち続けながら叫んだ。

「思うさま、放てやあ！」

藤堂勢に追い付いた時、真田信幸が目にしたのは意外な光景だった。追い討ちでは逃げる敵に撃ち返す余裕がなく、一方的に倒すだけのはずなのに、多くの藤堂勢が撃たれたらしく、あちこちで傷つき倒れている。生き残るための覚悟、そんな言葉になりそうなひどい寒気を感じ、信幸は背を震わせた。

まだ陽の沈むには早いころ、冷たい雨が降り始める。関ヶ原は、すでに静かになり、数刻前には大谷吉継が布陣していた地で、家康は戦勝後の処理をこなしている。

思いのほか、苦戦を強いられた。途中までは敵、上方勢が勝っていたと評してよいくらいだ。だがそれでも、家康の勝利が揺らいだわけではない。もっとひどい状況でも対応できるよう、入念に手を打ってきたのだから。

失敗する可能性はあったが、吉川・小早川を寝返らせる手も、その気になりさえすれば使えただろう。要は勝ち方の違いにすぎない。

そしてこれから、決戦後の世を築くにあたり、勝ち方の違いが及ぼす影響は大きい。もし、豊臣恩顧の諸将と寝返りのおかげで勝った、などという結果になったら外様の力が強くなり、十年はおとなしくせねばならなかったろう。

だから今度の結果は歓迎である。心安く徳川の天下を構築できるのだ。この日なすべきことが一段落すると、家康は早速、徳川の天下への布石に取りかかる。

呼び出された吉川広家は、上方勢の大敗を厳粛に受け止めていた。これが毛利の敗北につながらぬよう、努力してきたのだが。

「古今未曾有の大勝利、おめでとうございます」

「秀頼様の世を騒がせてしまい、めでたさも半分よ。出雲（吉川広家）殿、騒ぎを収める手助け、お願いできまいか」

「なんなりと。安芸中納言（毛利輝元）にござろうか」

「左様。大坂を静め、秀頼様を安んぜねば、亡き太閤殿下に合わせる顔がない」

冥土《めいど》だろうが未来永劫、秀吉などに顔を合わせる気のない家康は、真摯《しんし》な表情を維持するのに苦労を感じている。

「承知仕った。いかが致さば」

「しばらく大津に居るゆえ、安芸殿と大津にて面談できれば、天下泰平が開けよう」

「天下泰平…心より願うております」

「万民のため、よろしく頼む」

「この身にかえましても」

雨の中、供をつけて広家を送り出した後、何日かぶりで気を緩めた家康は、にっこりと大あくびをひとつして、陣小屋で死んだように眠った。

決戦から四日後の九月十九日、吉川広家は大坂城西ノ丸に着く。その前々日には家康が見物する前で、佐和山が落城している。ずっと大坂で軍勢を遊ばせてきた毛利輝元は、あまりの大敗に呆然としたか、何も決められずにいた。

勝手に帰国する将兵が相次ぎ、大坂の毛利勢は一万そこそこにまで減ったが、大津城と丹後田辺《たんごたなべ》城を落とした軍勢はほぼ無傷で、揃って大坂へ籠城することも、できなくはない。しかも大津攻めに参加していた立花統虎《たちばなむねとら》が、盛んに輝元へ籠城を勧めているという。

どこから救援が来る当てもない籠城策など、普通は検討すらされないが、不幸にして今の毛利輝元は、普通の状態でなさそうだ。何度説得を試みても、じっと考える風で、実は何も考えていない様子のまま、ただ話を聞き流している。

立花ふぜいに丸め込まれる心配をせずともよかろうが、ただ漫然と日を送る余裕は毛利家にない。三度目も説得をしくじり、重ねて輝元へ拝謁を願う広家だが、申次の者に断わられた。

それでも、引き下がっては御家の最後である。輝元のいる西ノ丸御殿へ入り、強引に押し通った広家は、押し黙る輝元を前に、殺気立った統虎と出くわした。

「なんとか言え!」

どうやら、話し合いとしては最悪の状況に陥っているようだ。

「無礼であろう左近侍従《さこんじじゅう》（立花統虎）。主に代わり承る」

「情けない。仮にも一軍の総大将が、だんまりとは」

「控えよ。なお無礼を改めぬか」

広家もまた、殺気立つ。お互い、血なまぐさい空気をまとったまま同士であった。

「皆々こぞって奉行衆が檄に応じたるは何故ぞ。毛利立たば天下分け目、左様に思うたからではないか。さもなくば、誰が内府と争おうなどと」

籠城せよと輝元へ迫る統虎の真意は、毛利家が徳川への恭順に傾くのを阻止したいからで、籠城しても勝ち目のない事実は承知している。大坂城からの退去を条件に徳川と交渉し、毛利家だけで徳川と和を結ぶ事態を避けたいのだ。毛利に徹底抗戦の態度を示してもらえば、それでよかった。

仮に総大将が敗北の責任を回避すれば、しわ寄せは他の全員に及ぶ。もし毛利家が家康の温情で本領安堵にでもなったら、毛利に加担した他の家々から毛利の領国分百二十万石が、余計に削られる勘定だ。殺気立つのも無理はない。

けれどそれこそが、広家の望みである。とにかく、話をそらせなければならぬ。

「無謀と知りつつ籠城せよなどと、寝ぼけておられるのか」

「なんだと」

総大将の無責任は許せない。それだけを毛利へ伝えたい統虎だが、無能を責められた経験が皆無なせいか、少し戸惑い、隙《すき》ができた。

「怪しげなる策を総大将へ強要せんとは、臆したるか左近侍従」

「黙れ」

統虎が脇差に手をかける。どうやら乗ってくれそうだ。

「いや、臆するにあらず。この期に及び、さては敵に通じたか、裏切り者」

「黙らんか！」

脇差がひらめき、どんと鈍い音。目の前には、正気に返った統虎の青ざめた顔がある。抜刀しかかる周囲の者たちを広家は手で制し、下腹の苦痛を無視しながら穏やかに告げた。

「覚悟の上よ、御気になさるな」

「出雲、わざとか」

「なお戦いたくば、国許にてなされるがよかろう。誰も止めはせぬ。さあ、騒ぎになる前に」

「忝い」

総大将が責任を取らぬ分、誰かがかぶらねばならない。そんなことは承知の上だ。

広家から明白な返答を得て、統虎は一礼し去る。意識が遠のく前に、広家はもうひとつ、なすべきことがあった。

「御屋形（毛利輝元）様、内府が大津にて御待ちです。どうか本領安堵を。鎌倉以来の御家を、どうか」

「わかった。もう言うな」

応える輝元の本気を確認し、広家は嬉しそうに激痛の暗闇へ意識を投じた。

家康は九月二十日に大津へ着いた。しばらく腰を落ち着ける予定である。警護の名目で吉川広家に同行させた大野治長よりの使いに、到着早々ゆきあった家康は、上機嫌で報告を聞いた。

「まことに御袋（淀の方）様は、城に籠もるなどまかりならん、と？」

「は。それはもう、ひどい剣幕だとか」

「よし、ようやった」

大野治長の母は淀の方の乳母で、淀の方にとって、父母と共に幸せだった小谷《おだに》城のころを共有した、数少ない相手である。その縁ゆえか治長は、日ごろ他人の言を耳に入れる習慣のない淀の方へ、話を通すことが可能な稀有《けう》の人材なのだ。治長を大坂城に送り込んだのは、様々な利用価値を生じさせるためだった。

また、かつて淀の方が秀吉の正室を大坂城から追い出す際、家康が協力した貸しもあり、淀の方は徳川に協力的である。仮に毛利輝元が大坂籠城を決意していたとしても、城の持ち主である豊臣家に拒否されては何もできず、結局は大坂城を出る結果になったろう。

翌日、大津で戦後処理を進めながら毛利輝元の出方を探る家康は、毛利勢が大坂城を出て、北へ向かったとの報告に小躍りする。どうしても家康には信じられぬ事実だが、世に、お人よしという人種が存在するらしい。家康が無用の争いを望まぬと、毛利輝元に信じさせた吉川広家は、お手柄である。

すぐに、家康は使い番を走らせる。天下が開ける。そんな素朴な確信が、家康を満たしていた。

毛利輝元は、立花統虎に刺された吉川広家が命に別状ないとわかるや、全軍に大津への行軍を下知した。軍勢丸ごとによる降参こそ、実の兄弟のように思ってくれる家康に対し、最大限の誠意となるはずだ。不安がないといえば嘘だが、勝敗の決した今、他にどんな選択肢があるのか。

そして、まだ大津から遠いあたりで、五の字旗を背負った徳川の使い番たちを発見すると、輝元は少しだけ希望を見いだし、その希望に縋《すが》った。

「内府公より、お迎えにあがりました」

家康からの使いだと名乗る真田信幸の言葉へ、心から誠実な喜びを返す輝元に少しだけ心痛み、信幸はさらに面を下げる。輝元には、その意味が読み取れなかった。

激戦直後の大津へは軍勢を引き連れぬほうがよいとの、信幸の提案を素直に受け入れた輝元は近習だけを連れ、徳川の使い番たちの先導に従った。今、徳川の武者へ危害を加えたがる愚か者が、世間にいようはずはない。軍勢を伴わずとも安全は保証されていた。

真田信幸に連れ出されて来た毛利輝元の姿を見て、家康は驚きを顔に出し、予定を変更した。

「よくぞ連れて来られたものだ」

「思いのほか、うまくいきました」

「伊豆（真田信幸）よ、何が狙いぞ」

毛利をおのが手駒にしようなど、夢にも思っていなかった信幸は、家康の含みのある言い方で気がつき、あわてて否定する。

「よも、毛利とつながろうなどとは。ただ」

「ただ、何ぞ」

「死なずに済む者がいても、悪しゅうはございますまい」

「ふむ」

考えてみれば、悪くない。徳川の寛容さを示す材料に使えるだろう。

「よかろう。して、手はずは」

「もう始まっておりましょう」

「そちらもこちらも、やりやすうなったか」

「は」

家康の当初予定では、毛利勢一万を徳川秀忠の四万が完全包囲し、輝元を討ち取ることになっていた。だが、何かの間違いで取り逃がすこともありえるし、これはこれで問題ない。

「安芸中納言（毛利輝元）は、何が望みぞ」

「ただに、御家の安泰を」

「ふん。ならば、かなえてやるか」

「よろしいのですか」

「毛利は子々孫々、末永く八丈島《はちじょうじま》で栄えればよかろうて」

二の句が継げなくなった信幸を無視し、家康は輝元を呼んだ。輝元が現われるや家康は進み寄り、かき抱くようにして耳元で言う。

「何故、もっと早くお出でにならなんだか。われらふたり、じかに話し合いさえすれば、無用のいくさは避けられしものを」

「まことに、思慮が足りませず」

「急ぎましょうぞ。江戸中納言（徳川秀忠）め、安芸殿の首を取らねばいくさは終わらぬなどと、痴《し》れた物言いを」

「内府殿」

「ともかくも、安芸殿の身の安全を。話はそれからでよいな」

「何事も仰せの通りに」

輝元に考える余裕を与えぬよう、ばたばたと家康は手配を進め、輝元を東へ送り出す。輝元が率いてきた毛利勢の壊滅を、その耳に入れぬための処置か。

家康は律儀そうな表情を捨て、にここと笑う。

「未熟ゆえやり過ぎる倅へ意見をするも、力及ばぬ隠居。天下を動かすには、左様な身分になりたかった。わが望み、かなうかもしれぬ」

「それは、ようございました」

「礼を申すぞ」

「あまりに過分な。何の功も立てておりませず」

「陰徳を積むは、妬《ねた》まれもせず、よいものだの。されど」

「は」

「褒美は、なしだ」

「何の御話にございましょう」

信幸が揺れないのを確認し、家康は信幸の将来を決める。

「力を欲するなら、つかみ取れ」

家康のにやにやに動ぜず、静かに考えた後、信幸が一礼する。

「身に余る御褒美、ただいま頂戴致しました」

家康が高らかに笑った。

九月二十日に、秀忠と一緒に大坂城へ入った家康は、その後の戦後処理を秀忠と連名、あるいは秀忠単独の名で進めた。関ヶ原合戦における総大将としての働きが、外様諸将に秀忠を認めさせたのだ。関ヶ原以前は徳川家中においてさえ、頼りない印象を与えていた秀忠の文字通りの出世は、なし崩しに既成事実となっていく。

十月一日に、乱の首謀者として石田三成・小西行長・安国寺恵瓊を処刑した上で、毛利輝元を遠島に処すると発表し、ひと区切りつけた徳川は、毛利輝元・宇喜多秀家・前田玄以《げんい》・増田長盛・長束正家を改易し、後の世で五大老・五奉行と呼ばれる、秀吉の定めた合議の体制を人的に破壊する。もう天下を統《す》べる家は、徳川しか残っていない。

さらに小早川や、上杉に通じたとでっちあげられた堀の改易など、以後は改易と減封の嵐が吹きすさぶ。最終的に百近い家から没収した領地は、七百万石近くに及び、天下には浪人があふれることとなる。

論功行賞においては、東海の諸城を徳川へ明け渡した家には大幅加増されたが、関ヶ原で苦戦した家は総じて評価が辛い。その中で、抜きん出た加増により世間から出頭人ともてはやされたのが、藤堂高虎と真田信之である。特に信之は、二十万石以上の加増になった。

運良く加増されても外様は外様、が世間の常識で、このふたりが外様の代表として、徳川の政《まつりごと》に関わる資格を得た事実を読み取る者は、世にほとんどいなかった。陰働きに甘んじてくれる駒を欲する家康の望みに応え、ふたりは世に知られぬ働きを積み重ねていく。

第三章

兄、弟

慶長六年（一六〇一）三月。毛利輝元が退去した大坂城西ノ丸には家康と秀忠が入り、半年の間、煩瑣《はんさ》な政務をこなしてきたが、このころ伏見に移り、朝廷への工作に本腰を入れ始める。

父、昌幸からもらった幸の一字を兄が捨て、信之と名乗るようになって以来、鎮魂の思いで信繁から幸村《ゆきむら》へ名乗りを変えた真田幸村は、入れ替わりに京を出て大坂城に入ることになった。

幸村の身分は関ヶ原前と変わらぬ豊臣の家臣で、徳川を憚《はばか》る必要はないのだが、京で関ヶ原浪人の世話を担当する以上、少しは遠慮がある。

浪人となって京にいる長曾我部盛親と旧臣たちの生計がたつよう、裏から商家へ手配するのが現在の作業で、人数が多いだけに手がかかっていた。

幸村の帰坂後は、義弟である木下頼継に京を任せる予定だ。公には、頼継は敦賀で病死したことにしてあるが、京での仕事は裏工作ゆえ、死人が行なっても不都合はなかろう。

大坂城に戻ると、幸村は本丸の北側、山里曲輪《やまざとくるわ》へ通される。この辺りへ来るのははじめてだ。豊かな緑の中にある茶室は、さわやかな気配に取り巻かれていた。が、にじり口から頭を中に入れた刹那、空気が一変した。

陰の気が人の形を借りたような男が、暗く茶を啜《すす》っている。茶を点てるのは老耄《ろうもう》の好々爺《こうこうや》で、ぼおとして何も考えなさげな笑顔の割に、茶の手捌《てさば》きは無駄も乱れもない。陰気な男が景気の悪い声で言う。

「左衛門佐（真田幸村）殿か」

「は。京より戻りましてござる」

「大野修理亮（治長）。見知り置き願いたい」

「こちらこそ」

「茶の亭主は入道青海《にゅうどうせいかい》（三好政康《みよしまさやす》）殿。とうに古稀《こき》は過ぎておられる。若かりしころ、三好三人衆が御一人として、総見院《そうけんいん》（織田信長）と激しく戦うておられたらしい。できれば昔語りなど伺いたきものなれど」

「ずいぶんと昔な」

「御耳が遠いらしく、話はできぬのだ」

「左様で」

この男は、何を伝えたいのだろう。治長という人物について、いまひとつよくわからぬまま、幸村は青海から茶を受け取り、極上の風味を喫した。

平素から口数の少なそうな治長へ、どんな話題を切り出したものか幸村は困り、しばらくふたりとも無言で茶を啜る。長く続く沈黙を破ったのは、茶室の外からの女中の声だった。

「修理様、大蔵卿《おおくらきょう》様が御呼びにございます」

「なに、母者が。すぐに参る」

結局、顔を合わせるだけの目的だったらしい。置き去りにされた幸村は、なにかだまされた気分で茶を啜った。

「左衛門佐様、いかがにございました」

先ほどの声の主が顔を出す。かえで、と名乗る草の者だ。京でも幸村とのつなぎ役だったが、これからは大坂城内でのつなぎ役らしい。

「やはり、ぬしであったか」

「つなぎの者は、容易《たやす》く変えられませぬ。顔を知らるるは少ないほどによく」

「さもあらん」

「して」

「修理殿だな」

「はい」

「むつかしそうだ。重ねて聞くが、徳川が豊家を滅ぼさんと企ておるは、まことなのだな」

「また、同じ御話ですか」

「要の話ゆえ、勘弁せよ」

「徳川はみずからの力で毛利を討ち果たし、誰に憚ることなく天下の主となりました」

「徳川の者らは、左様思うておる、と」

「天下の大勢も同じにございます。よって、太閤子飼の諸将へは恩賞が少なく、ひとたび号令下らば、いつでも江戸から軍勢を発し、邪魔されず大坂を攻められる配置に」

少し考えすぎではないか。そう思えてならぬ幸村だが、用心に越したことはない。

「で、修理殿か」

「修理殿しか、徳川へ呑み込まれぬ御方なし、とのこと」

「ぬしらの頭は、市正《いちのかみ》（片桐且元《かたぎりかつもと》）殿を嫌うておるのか？」

大坂城内を仕切る正式な権限は、片桐且元が持つ。帰り新参の大野治長に仕切らせるより、摩擦は少ないはずだ。

「市正様は、内府より一万八千石の加増を受け、籠絡されし模様にて」

加増される前、且元の所領は一万石しかなかったから、三倍近く増えたことになる。

「修理殿にしても、内府が大坂へ送り込みし御方であろうに」

「修理様も内府より五千石の加増を受けておられますれど、修理様は大蔵卿局を裏切れず、大蔵卿様は御袋（淀の方）様を裏切りませぬ」

「さは、さりながら」

「確かに心許なきゆえ、修理様を左衛門佐様に支えていただきたく、お願い申し上げております」

「市正殿のほうが、先のみえる御方に思えるが」

「先のみえる御方が、豊家の将来を御引き受けいただけましょうや」

「まあ、無理か」

「主家のことゆえ、あまりはっきり、おっしゃらないで下さいませ」

家康が大野治長を送り込み、片桐且元を抱き込む姿勢は、豊臣家の分裂と間接支配を目論むものだ。それがわかっただけで、普通の者なら手を引く。いかに豊臣家でも今の徳川と戦うなど、間違いなく愚の骨頂である。

「内府の意向に従いて、御家を残さんとは思えぬものかな」

片桐且元の立場になれば、個人的にでも徳川との友好関係を確かにしたいのは当然で、籠絡だの呑み込まれただのと非難されるのは心外だろう。

「内府の御意向に従いて、はたして豊臣の御家は残りましょうか」

「さて」

かえって難しいかもしれぬ。いつでも簡単に取り潰《つぶ》せる状況に置かれては、まずい。

「御家の御安泰には、いかが致さば」

「徳川でも迂闊《うかつ》には手が出せぬよう、整えた上でなら、いくらか安心なれど」

「何を整えると」

「これから考える」

まだ、手探り以前の段階である。幸村が開き直るように落ち着いていくにつれ、かえでは心配そうになる。

「やはり要は軍勢では」

「左様」

「二百や三百なら、すでに浪人衆を」

「二万や三万増えても、徳川は躊躇《ためら》うまい」

「いかほど」

「少なくも総勢十万ほどは」

およそまともな話でないと、幸村自身が承知している。ろくに合戦を経験していない幸村の大風呂敷を、かえでは一笑に付すべきだが、常識の範《はん》疇《ちゅう》内の考えからは、常識的な結果しか生じない。

常識に従う限り、どこまでも現実は冷たかった。

「豊家が十万の軍勢を集められると、徳川へ示さばよいのですか」

「元々の豊臣勢が四万ゆえ、さらに六万か。いつでも十万の大軍を集められる家を取り潰さば、天下に大乱を招く。さすれば徳川も少しは慎重になりそうなもの」

「頼りないですね」

「確たる話など、できるわけが」

「はい」

幸村の舅《しゅうと》、大谷吉継からの推薦により、石田三成が指名した後継者が、無責任な法螺吹きであってよいものだろうか。かえでは特に大谷吉継へ絶対の信頼を抱いてきたが、幸村を信じかねている。

「不服そうだな」

表情に現わしたわけでないのに、本音を言い当てられ、かえでは少し動揺するが、どうせ、当てずっぽうだろうと思い直した。

「何もできぬ御方に、つなぎ役をお任せするのは心配でなりません」

「正直で結構」


上方の商家へは全国の情報が集まり、膨大な人脈が絡む。それだけの力を持つ上方の商家を、豊臣家は黄金により支配してきた。京、大坂の景気は、豊臣家が吐き出す金の量で決まるのだ。

そうした人脈を利用し、あちこちの家に豊臣家が潜り込ませた者たちを草と称するらしい。忍とは異なり破壊工作の類は縁がないものの、様々な情報が集まる。

つなぎ役とは、草の集めた情報を活用し、豊臣家の役に立てるのが任務である。前任の石田三成が短期間で、関ヶ原に必勝の野城を築くにあたり、人足集めなどで草の助けは大きかった。

「いかがなさる御つもりですか」

「修理殿に相談せよと、ぬしらより言われた」

「なんという物言い、無責任な

「そう目くじらを立てるでない。修理殿は火急の用件か」

「いつもの、大蔵卿の世間話にございましょう」

「なら、ここにて待つ」

「毎度、くどくど長くなりますが」

「かまわぬ。しばしの間、茶の道でも学ばせていただくゆえ」

何もできぬ同士、幸村は青海と過ごすのがお似合いだと、茶室を出ながらかえでは思う。もっとも、格別な茶を点《た》てられる分、青海のほうが上に違いないが。

再度、大野治長が茶室に顔を出すまで、かなり時が経ったものの、幸村は退屈せずに済んだ。

「何用か」

黙って長時間耐えてくれる話し相手が欲しいだけの母親から解放され、相変わらず陰気ながら、少しすっきりした顔で治長が尋ねた。すっかり風流な気分の幸村が言う。

「御存念を伺いたい」

「何ぞ」

「徳川が御家を滅ぼさんと致さば、いかに」

「争うたとて、詮無きことよの」

「いかにも」

すでにじっくり考え、覚悟もあるらしく、治長は驚きもせず答える。

「亡き治部（石田三成）の真似など、いまさら、やれるわけがない」

「秀頼様の御名でも」

「諸侯が馳せ参ずるとは思えぬ」

治長の考えを、いささか弱気と受け取る幸村だが、この半年で世は徳川の下に固まり出した。秀吉が大名に取り立てた家でさえ、関ヶ原後の加増を家康による新恩と位置付け、徳川を豊臣より上に置く態度が普通である。

将来、豊臣家が徳川との戦いを諸侯へ呼びかけても、それだけで関ヶ原なみの大軍を動員できないのは確実だった。三成の育てた人脈があってはじめて、天下分け目の大合戦は可能になったのだ。

「されど、徳川の意のままに動く御家と軽んぜられるは、かえって危ういかと」

「なるほど危うかろう。で、どうする」

「いつでも十万の軍勢を整えられる用意を致し、徳川に手出しを躊躇わせては」

「表立って兵を集めるわけに参らぬぞ」

関ヶ原の直後、みずから家康へ人質を送るなどした片桐且元による必死の申し開きで、豊臣家は敗戦と無関係になれた。だが同時に、豊臣家が徳川の下風に立つとの認識を、世間へ広めるきっかけにもなったのである。

全国にあった豊臣の蔵入地二百万石以上を手放し、主な鉱山からの金銀上納の打ち切りにも同意した片桐且元が、徳川を仮想敵とする戦備を認めるわけがない。

「市正（片桐且元）殿が御認めになるやり方にて、兵を集める、と」

「できるのか？」

「考えましょうぞ」

どうせ何もできぬ無責任さが、幸村に発想の自由を与えている。常識で戦い抜いた石田三成が敗れた直後なら、常識外にいる幸村は適材かもしれなかった。

「ところで、兵の他は問題ないのでしょうや。米も金銀も、送られては来なくなりますれど」

「蓄えなら充分ある。特に金銀は」

「充分とは、いかほど」

「容易く数え切れる程度を、充分とは言わぬよ。いつまでかかるやらわからぬが、配下総出で数えさせようか」

「いえ、それほどでしたら」

「昔、聞いた話では、十万の兵が一年以上戦える額の金銀を、毎年集めさせるよう、太閤殿下が御命じになったとか」

「話半分としても、あまりに」

「半分とは恐れ入る。毎年、何倍も集まっていたそうな。うろ覚えなれど年に金三万両、銀が八十万両くらい」

「まことに毎年」

「殿下の奉行衆を甘くみるでない」

治長が不愉快そうに口の端《は》を曲げる。こんなことで治長の機嫌を損じる気はない。幸村は話題を戻した。

「御城に貯えし金銀を散じるなら、市正殿は徳川へ、おぼえめでたくなりましょうか」

「なる。御家の事情に通じておらねば、誰もこれほどとは思うまい。徳川は吝嗇《りんしょく》な家風と聞く。こちらが散ずれば貯えが減ると考えて歓迎しつつ、しばらく様子をみてくれるのではないか」

「では、数年で無くなるかと思わせるほどに、盛大な散じ方を工夫致さば、時を稼げるやも」

「いかに盛大にやろうが、十年二十年では無くならぬ。長く時を稼げるなら、散じてよかろう」

「市正殿が率先して行なうよう仕向けるなら、徳川も警戒せぬかと」

大きく頷《うなず》く治長だが、肝心の話がまだと気づく。

「して、市正に何をさせればよい」

「考えましょうぞ」

「ぬしは、まったく」

「御気に障《さわ》りましたなら、申し訳ない」

「いや、まあいい」

「金銀を大っぴらに散じ、いざという際には兵を集めやすくなるよう、工夫すればよい、と」

「左様な工夫が、できるものか」

「御家では、関ヶ原浪人を密かに養いおると、耳に致しました」

京で幸村がやっていたことだが、相手が治長でも伏せるよう、かえでに言い含められている。

「らしいな。大身の家の当主から物頭まで」

「その者らは、いざとならば馳せ参じましょう」

「徳川へ恨みがあろうし、豊家が滅びては食い扶持の当てが無い」

「いざとなるまで、養わずともよいのでは」

「養わねば、他家に拾われるか、野垂れ死ぬかであろう」

「左様ですな」

何か思い付いたのか、幸村が黙る。話の先を読みかね、治長も黙った。しばらく湯の沸く音だけが流れ、幸村が口を開いた。

「腕っぷしの強い者は上方へ参らば、なんとか食べていける。左様な噂が広まると、全国から浪人どもが集まりましょうか」

「浪人者は世にあふれておる。食えるなら、どこからでも集まろう。で、どうする」

「故太閤殿下への追善供養のため、上方にある神社仏閣の復興造営を行なっては」

「何？」

「多くの人足を用い、あちこちで普請を行なわば、腕自慢の者たちが上方に住み付き、いざという際は兵として使えましょう。御城の金銀が無くなるまで待とうと、徳川が誤解するかもしれず」

「なるほど、追善供養なら御袋（淀の方）様も文句は仰らぬ」

「上方に寺社は数多《あまた》、それこそ十年でも二十年でも続けられます」

大坂城の金銀が無尽蔵に近ければ、戦時の兵力の確保ばかりか、徳川の油断を誘い、年単位で時間稼ぎができるかもしれない。逆に徳川が仕掛けに気づいた場合、十万の大軍を相手にする覚悟がなければ、豊臣家へちょっかいを出せまい。

また、築城に必要な職人は元々、寺社の造営が本分なので、職人たちを常に雇っていれば、大坂城の防備を補強したくなったら、いつでも職人を転用できる。そして、寺社とのつながりが深い商家は大いに潤い、いざという時、必要な物を惜しみなく高値で売ってくれるだろう。悪くない考えだった。

年始の挨拶に出向いた際、さりげなく家康から示唆《しさ》を受けた話として直接、治長が片桐且元に伝えると、すぐ且元は食いつき、実行する旨を報ずる家康への使いを、伏見に送った。使いを家康に送るほど且元が律気とは、幸村の予想外だったものの、さしたる影響はなさそうである。

前年の攻城戦で焼き払われた伏見の城下は、伏見奉行へ任じられた松平忠吉《まつだいらただよし》の努力により、徐々に復興してきた。大消費地、京の物流を支える水運の始点、伏見の重要性は、城が焼けたくらいでは、いささかも減じていない。

論功行賞を経て、諸将はそれぞれの所領へ散ったが、藤堂高虎と真田信之は特別扱いで、家康と秀忠の手元に留まっている。家康の考えによれば徳川家臣との縁が濃くない相手のほうが、他の家臣へ情報が洩《も》れにくく、密議を行なうに、やりやすいとの理由らしい。

伊賀《いが》の国持ちとなった藤堂高虎が、先代ほどの信用を得られぬ服部半蔵《はっとりはんぞう》に代わって伊賀の忍を束ね、家康への情報提供を行なう一方、真田信之は地道な開墾政策を秀忠へ進言し、派手好みな秀忠側近らに無視されながらも、着実な成果を上げげつつある。実を結ぶのに数年かかる地味な努力というものは、家康の美意識をひどく刺激するようで、信之が各所で壁にぶつかるたび、密かに家康が便宜《べんぎ》を図っている。

この日、信之が家康のもとに向かったのは、片桐且元より家康へ使いが来たことに端を発する。秀吉の追善供養のため「御意に従い」寺社の普請を行なうとの口上に、家康は違和感を覚えた。寺社の普請を示唆した記憶などないからだ。

だが「覚えがない」と口上を返せば、中止を命じるも同然になろう。家康は、常に近侍する本多正純へは普請の得失を調べさせると共に、信之へ使いをやって、秀忠側近による企てかどうかを確認させたのである。

「江戸様の周りに、大坂へ何かを命じし者はおらず、何かの御間違いかと」

「ん、左様か」

「上様に御間違いなぞ、ない！　不遜《ふそん》なるぞ！」

平伏する信之に対し家康が、どうでもいいという口調なのに対し、頭上から喧嘩を売ってきたのは本多正純である。信之は冷静に揚げ足を取った。

「大坂表の者らの過ちを、畏《おそ》れ多くも上様の御間違いなどと。不遜の一語、そっくりお返し致す」

「まあまあ、つまらぬことで声を荒げずとも」

「出過ぎた真似にございました」

「よいよい」

頭を下げたまま信之が見上げる先で、にこにこと楽しそうな家康だが、目の奥は笑っていない。

信之はもう一段、頭を下げる。

家康のおぼえめでたい信之を、正純が出世の妨げとして敵視していることは、承知の上で家康が招いたのだ。信之はもう一段、おのれに冷静さを強《し》いた。

「話しづらいな。面を上げよ」

ゆっくりと顔を上げる間に、信之は笑みを作ることに成功した。

「大坂表の件、左様に一大事でございましたか」

「なんの、一大事などと。上野（本多正純）が調べでは、東市正（片桐且元）の諂《へつら》いによるもので、あるな」

「は。間違いなく」

正純は信之の存在を無視する態度のようだ。信之には、それでいい。

「天下にとり、よき御話にございましょうか、よもや悪しき御話に」

「よき話ぞ、決まっておる」

「なんにせよ、大した話にあらず」

決め付ける正純に対し、家康は含みを持たせた。

正純は少し勢い込む。

「太閤が大坂の城に遺しし黄金、これを数年で使い尽くさんとのこと。これで天下泰平は疑いない。まっことよき話よ」

どうやら正純と同席させられた理由は、これだ。内々に調べろ、という意図を場から読み取り、信之は小さく頷いた。家康の笑みが深まり、その口が開く。

「もうひとつ、話がある」

事前の予定になかったらしく、正純が意外そうな顔をする。父親以上の策士を気取るにしては、ずいぶん無用心な表情だ。

「伊豆（真田信之）は、会津《あいづ》中納言（上杉）家と近しい間であったかの」

「は。小田原北条攻めの折は、苦楽を共に。また武田滅亡の際は、上杉が多くの遺臣を召抱えたれば、旧知の家も多く」

「まことに、心苦しい」

「上様」

正直、関わりたくない件である。いずれは直視させられるだろうとは思っていたが、もう。

「上野が、うるそうてならぬでな」

「こたびが大乱、いったい誰が招いたと考える。毛利、宇喜多、石田と改易せし上は、上杉を許すなど、もってのほか」

「せめて、大幅な減封では」

「天下へは、公正なる裁きを示さねばならぬ。えこひいきなどと世にそしられては、不忠この上なし。どうあっても改易あるのみぞ」

「少しは慈悲を御示しになられても」

「不公平な慈悲など、御家の御ためにならぬわ」

舌の回りでは、とても正純に敵《かな》いそうにない。

だが、この上に上杉まで改易してしまったら、天下泰平が遠くなりはすまいか。

まとまらぬ考えの中、無理に名案を探す信之へ、家康が助け舟を出した。

「伊豆よ、以前の話など、もう忘れたか」

「御話と仰せで」

「以前より、なし、と申し渡してあろうに」

汗をかきつつ記憶をたぐる信之が、はっと表情を変える。

「まこと、知恵足らずにございました」

その一言を聞き、正純がにやと笑う。勝ったと勘違いしたようだ。家康は少し、ほっとしたように続ける。

「実は武蔵《むさし》の西、八王子《はちおうじ》に多くの武田者を住まわせ、江戸の護りとしたい。恨みのなきよう、話を通してもらえぬか」

「必ずや」

「上杉家中の武田者、楽しみにしておる。上杉が武威、世に比類なし。また必ずや、天下の評判になろうぞ」

「は。しからば、しばらくお暇《いとま》をいただきたく」

「うむ。諸々の手配、よろしく頼む」

「承知仕《つかまつ》りました」

子どものように嬉しそうな正純のため、敗北感を無理に作り、気配や表情に混ぜながら、信之は役割分担を確認していた。表の働きで世間から恨まれる役は正純に任せ、信之は裏の働きに専念すればよい。裏なれど影ではなく、いずれ光の射すこともあろう働きを。

信之と違い、藤堂高虎の役は光の射さぬ影働きである。信之の依頼が秀忠からでなく家康の意向だと確認して、高虎は話し合いに入った。

「江戸（徳川秀忠）様の御意向なら、後回しでしたかな？」

信之の率直な質問に、高虎は苦笑する。

「左様なことは口にできませぬ。ただ、動かせる者が限られておりますゆえ」

「いささか人手がかかりそうなお願いにて、恐縮至極」

「天下人の御意向とあらば。して、何を」

「大坂の城にある金銀、いかほどかを知りたく」

あいた口がふさがらぬ、という顔で、しばらく高虎は黙り、間を置いてから一言、口にした。

「こは、途方もなき」

「すぐでなくとも」

「いったい何年かかりますやら。人の手配は致しますれど」

「書付を探すだけではないので？」

「諸国よりの上納分は書付に留めますれど、他に交易や利殖など、様々に金銀は増えるものなれば、とてもすべては」

大坂城の内部を熟知する者なら、誰もやろうと考えない作業らしい。現実に金銀を数える作業なら、隠れてやるのは至難の業だ。

「御金蔵の中で数えるとなると、無理があり過ぎますか」

「ごく一部なら、なんとか」

「まことで」

「一年ほど、かかりましょうが」

「急ぎませぬ。急がせたとて」

「急がせたとて、無理は無理でござるな。数えられるは、ごく一部ゆえ、十倍する勘定くらいに」

「助かります。大体がわからば、大きく誤らずにすみましょう」

豊臣家の軍勢は七手に分かれている。それぞれを指揮する番頭《ばんがしら》七名のうちひとりを、高虎は調略していた。他に、かつて徳川の家臣だった番頭もおり、どちらかを動かすことは可能だ。

月に一度ずつでも、目立たぬよう金蔵の中をあらため、勘定方の者に公的に数えさせれば、どこからも文句はあるまい。評判が立ったら即、中止すべきだが。

「お任せくだされ。詳しくお話しはできかねますれど、必ず」

「よろしく、お願い申し上げます」

結果、この話し合いから半年で、高虎は金二十万両の存在を報告し、もう充分と判断した信之は、中止を伝えることとなる。大坂城の金銀は、無尽蔵であった。

高虎へ調査を依頼した後、信之は京を離れ、信濃上田の所領へ戻った。父の遺領を含めた縁深い地は十万石足らずで、残りの二十二万石へは代官を送るに留まっている。身の丈を超えた大幅加増へ、真田家の重臣らは頭を悩ませていた。中には迷惑と感じる者すら、いるようだ。

上田で信之を迎えた矢沢頼康《やざわよりやす》もまた、加増による家中の騒動を懸念するひとりだった。いかに有難い加増といえど、ものには限度がある。それでも主命により、急な人手不足を解消すべく、手配を続けてきた。

「殿、そろそろ人を入れませんと」

いくら加増されたにしても、収穫後の土地ではしばらく価値が生まれない。かといって秋まで放置もできず、人を増やす頃合は判断が難しかった。

「ならぬ」

単なる確認のつもりが、意外な返答に頼康は困惑する。信之は説明をあとに回した。

「人の手配をすべて打ち切る。但馬（矢沢頼康）には使いを頼みたい」

「は、何処《いずこ》へ」

「会津か米沢《よねざわ》、上杉は旧知であったな」

「御意」

かつて真田昌幸が徳川勢を上田に迎え撃った際、上杉による後詰《ごづめ》を期待して、昌幸は真田信繁を上杉へ人質に送り、頼康が同行した。上杉家中なら当時を知る者が、どこかにいるだろう。信之から指示を受けた後、頼康は東へ向かった。

五月になっても、上杉家の処分が公には決まらずにいる。上杉重臣、本庄繁長《ほんじょうしげなが》が上洛し、徳川への謝罪に努めているものの、事態は一向に動かなかった。

真田信之は信濃の善光寺《ぜんこうじ》にて、遠来の客を待つ。きちんと話が通じさえすれば、状況は動き出すだろう。まだ漠然とした夢に過ぎぬ、天下泰平へ向けて。

ようやく現われた上杉重臣、直江兼続《なおえかねつぐ》には、信之ほどの確信を持つだけの材料が、まったくない。最悪、ふたたび上杉攻めが天下に号令される可能性すら、まだ残っている。

上杉家について、家康から内意を得たとする信之を、兼続が無視できるものではなかった。信之が丁寧に頭を下げる。

「遠路はるばると」

「まこと」

信之が会見場に指定した善光寺は、できるだけ目立ちたくない兼続にとって、非常に遠い場所だ。四の五の言える立場ではないが、もう少し配慮があってよいものを。

明らかに不満げな兼続へ、信之はただ、誠意をもって接する。

「お互い、縁深き地にござれば」

「確かに、馴染みは深い」

善光寺の周辺は、武田と上杉が何度も対峙した因縁の地で、景勝の代になってからは、上杉が領有したこともある。信之は本題に入った。

「会津百二十万石、もし大きく削られるなら」

「そは、内府公が御意思か」

「いえ」

減封でないのなら、改易だ。兼続の表情が暗くなる。

「されば、誰の首を差し出さばよいか」

おのれの首ならよい。が、景勝の首を出せと言うなら、合戦だ。

寄せ来る兼続の気を受け流し、信之は微笑む。

「首どころか、どなた様が頭を丸めるも御無用」

「にわかに、信じ難し」

「内府公が御内意は、会津中納言（上杉）家を滅ぼすにあらず」

「では？」

「まずは、御答えいただきたし。百万石ほども削られるとすれば」

「わが家中の者、誰も禄のため家を削りはせぬ。皆、禄を削りてでも御家を残そうぞ」

家は人のつながり。食うや食わずになろうが家臣団を丸ごと残そうとは、よほど結びつきが強いとみえる。上杉にしかできない決定だ。

「御見事なる御覚悟」

「して、御内意は」

「改易にござる」

「話がおかしいではないか」

「されど、滅ぼすにはあらず」

「わかり申さぬ」

「上杉が武威、世に比類なし。また必ずや、天下の評判になろう、との仰せにござった」

「つまり」

「家名も城もござらぬが、ここ川中島《かわなかじま》二十二万石、どうぞ自儘《じまま》に」

「待て、何を」

「真田ごときの臣となられるは不足なれど、一時の恥と御しのび下され。いずれ必ず、内府への忠節を披露なさる機会がござろう」

とんでもない話をやっと飲み込み、兼続は思わず涙ぐむ。関ヶ原の働きにより加増された地のほとんどを信之は上杉へ投げ出し、越後に近い旧領で再起を期せというのだ。兼続は深く頭を下げた。

「この御恩、皆、命を捨てての馳走にて、お返し申し上げる」

「御言葉忝《かたじけな》く。会津中納言には御謹慎いただくべきゆえ、山城（直江兼続）殿を名ばかりの家臣にお迎え致したい。よろしいか」

「わが主の御裁可をいただきて後、お答え申し上げる」

「道理。よしなに」

「こちらこそ。されど何か、条件があるのでは」

「内府公からは、御家中の武田者を引き受けたいと。江戸の護りとなさりたき由」

「承知仕った。いずれにせよ、召し放たねばなりますまい。他には」

「それがしの頼みにござるが」

「なんなりと」

「しばらく人足の真似をしていただけようか」

「なんぞ普請でも」

「こたび越後一国の太守になられし上総介《かずさのすけ》（松平忠輝《ただてる》）様と図り、越後の各所で新田の開発を目論んでおります。いずれ後の世で、越後が米どころと呼ばれるよう」

「越後が米どころ？　これはまた、夢のような」

「まあ確かに、夢にござる。かなえる手伝い、していただけぬであろうか」

人足をしていれば、禄が少なくても飢えずにすむ。給金を支払うのは越後四十五万石の松平家だ。

支払う松平忠輝の側からみれば、越後を治めるのに旧主上杉との協力関係は、ぜひとも欲しい。

いずれの側にとっても、得るものの大きな話だ。

兼続は笑みを浮かべた。

「雪ばかりの貧しき故郷を豊かにする手伝い、嫌がる者がおりましょうや」

「有難い」

うまい言葉が浮かばず、信之は兼続の手を取る。兼続は力強く握り返した。

信之は、上杉攻めという事態を回避でき、世を泰平に一歩近づけたと喜んでいるが、一方の兼続は、戦乱の臭いを嗅ぎつけていた。家康が上杉の武威を必要とする事態、その時のための新田開拓ではないか。

徳川が大坂を攻めるなら大合戦は必至で、武功を立てる機会は必ずある。豊臣との合戦で存分に働けば、二十二万石そっくりそのまま、上杉の家名で独立させてもらえるかもしれなかった。

兼続は会津へ戻り、上杉景勝の上洛準備に入る。家臣団の身の振り方さえ決まれば、すぐ上洛しなければならない。家康の気が変わらないうちに。

兼続を送り出した信之は、おのれが泰平でなく、戦乱を用意している事実に、まだ気がついていなかった。


八月、上杉家への処分が改易に決まると、真田幸村は上杉浪人を上方に招くべく、上杉重臣への工作を始めたが、西国へ馴染みが薄いせいか、いずれも不首尾に終わった。

改易の噂に一時、不穏な空気の漂った会津若松《わかまつ》では越後の太守、松平忠輝からの使いが、越後における大規模な新田開発への協力要請を正式に行ない、将来への不安を和らげているという。はるばる上方まで移るより、父祖代々住み慣れた越後へ帰り、水の合う土地で汗を流すほうが魅力的に決まっている。上杉への招致が失敗したのも道理であった。

上杉への工作は、うまくいかなかったものの、上方へ浪人どもを呼び寄せ、豊臣家の黄金の有難味を刷り込む策が動き始めている。社寺の造営については片桐且元が責任者となり、浪人の身分ながら前田玄以なども動かして、大々的に行なわれることが決定済だ。

今年は手始めに摂津《せっつ》の四天王寺《してんのうじ》を再建するだけだが、どこからか噂が広まったらしく、近隣の神社仏閣のみならず、尾張の熱田神宮《あつたじんぐう》、比叡山延暦寺《ひえいざんえんりゃくじ》、伊勢神宮《いせじんぐう》、果ては出雲大社《いずもたいしゃ》からまで、普請の要請が殺到しているらしい。

十年でも二十年でも、普請を続けられるのは、ほぼ確実だ。集まった人手は、普請そのものに従事するのみならず、周辺に集まる商家へ荷運びや警護のために雇われるから、同じ額の金銀で直接養うより、何倍か多く養える勘定である。また、いずれ勤勉さに欠ける者は脱落し、自然に兵への選別もなされるのだ。

これで、雑兵らを集めるには困らなくなる。数だけなら総勢十万を揃えることが可能になろう。ただ問題は、兵を束ねる物頭や侍大将である。これらが機能しなければ、軍勢になれない。

幸村は豊臣家が密かに養うという関ヶ原浪人に

ついて確認すべく西ノ丸へ、かえでを呼んだ。

「長曾我部の一党は御存知ですね」

「申すまでもない。何故、あの者らにこだわる」

「かの国の気風は、長く戦いを忘れぬゆえ、だそうです」

「ほお、なるほど」

「どういう意味でしょう」

「なんだ、わからずに申しておるのか」

「きちんとお伝え申し上げましたよ」

「これより泰平が五年十年続いたとしよう。雑兵はおろか侍どもまで、人の殺《あや》め方を忘れる」

「ありえません」

「異国へ渡海しての長きいくさに、引き続いての関ヶ原、誰しも戦いを忘れたくなろう」

「戦いを忘れるなど、何百年もなかったこと」

「十数万を送り出しての大いくさが何年も続くなど、日の本ではじめてのこと。この大坂さえ見逃してもらえるなら、関ヶ原が最後のいくさとなる」

「もし、見逃してもらえなければ」

「最後のいくさを引き受けることになろう。古今未曾有の大いくさを」

また、大風呂敷だ。話が回り道になり少し疲れてきたので、かえでは話を進めた。

「その大いくさに、土佐の者たちが役に立つというのですか」

「左様。一領具足と申して、日々の暮らしに、いくさ備えがあるらしい」

「役に立ちますか」

「立つ」

「よろしゅうございました」

「あ、土佐を治めるは誰ぞ」

「山内対馬守（一豊《かつとよ》）様」

「草の者は」

「おります」

「一領具足の者らが、長曾我部にあらざる主を認めるか、わからぬ。悪くすれば山内家の者が根切り（皆殺し）をやるかもしれず」

「そんな」

「いざという際、土佐から大坂へ逃げられる手はずがほしい」

「土佐の産物を商う者たちに、往き交う船を増やさせましょうか」

「名案ぞ」

「早速、手配致します」

「ところで長曾我部の他に、国持ちの者は」

「ほとんど兵法者です。国持ちなど、そうそうおられるわけが」

「おらぬか、心細い」

「武家の方が心細いなどと」

「いくさのわかる者が、誰もおらぬではないか」

「つなぎの取れる御方は遠方にいらっしゃいますが、容易《たやす》くは動けぬかと」

「遠方ではだめだ」

「修理（大野治長）様は」

「軍勢十万の采配ぞ。ちょっとやそっとで、できるものか」

幸村の言う通りだと、いくさをよく知らない、かえでにもわかる。珍しく難しい顔で黙り込むかえでが、躊躇いがちに言った。

「奥御殿の方々なら、いくさをわかるのではないかと」

「奥御殿？」

「はい。他に、安心して匿《かくま》える所がなく」

本丸の奥御殿は、秀頼の私空間である。何があろうと安心なのは間違いない。

「何者ぞ」

「頭の置目《おきめ》により、名を口にしては、ならぬことに」

「よほどの者だな」

「どうしても、ですか」

「頼む」

真剣に頭を下げる幸村を前に、少しおろおろしたあと、かえでも覚悟を決める。

「御咎《おとが》めは私が受けましょう」

「すまん」

「今宵遅くに、山里曲輪の茶室へ。どうか目立たぬよう」

「わかった」

「いらっしゃってから、方々をお迎えに上がりますゆえ、しばし御待ちいただくことに」

「また、じっくりと茶の手並みを拝見させていただくかな」

「重ねてうかがいますが、どうしてもですか」

「わしに御家の将来を、安心して託せようか」

「いいえ」

「ならば頼む」

「承知しました」

実際、天下を敵に回してでも豊臣家を守る力など、ろくに実戦経験のない幸村に、あるわけがない。何かにつけ、誰かへ教えを乞いたくなるのに、誰もいないのだ。

その夜、うまい具合に月は細く、幸村は人気のない埋門から段帯《だんおび》曲輪へ入った。本丸の堀と塀に挟まれる狭い空間いっぱいを、虫の声が満たしている。南北に細く伸びるこの曲輪をまっすぐ北へ行けば、山里曲輪だ。

もう秋とはいえ、まだ元気な蚊に悩まされつつ、ようやく茶室へたどりつく幸村を、かえでが怖い顔で待っていた。

「もう、いらっしゃらぬかと」

「目立たぬよう、来たのだが」

「しばし御待ちくださいい」

山里曲輪の他の建屋へ待たせていたのだろう。幸村が茶を一服する間に、初老の男がにじり口に顔を出す。

「茶を一服、所望致す」

歳に似合わぬ、気力あふれる声だ。続いて、影の薄い中年男が無言で入ってくる。幸村の一礼に、初老の男は勢いよく礼を返し、すねた様子の中年男は無視した。

「真田左衛門佐と申す」

「島左近(清興)。こちらにおわすは、出雲侍従(吉川広家)」

「名乗る名など、もうないわ」

世間に疎《うと》い幸村でも、さすがに名を知っている。驚いてさらに一礼する幸村に、左近は尋ねた。

「われら世捨て人に、いや、捨てられ人に何用ぞ。つまらぬ用なら、ただで済まさぬ」

ずっと広家は顔を上げず、幸村の相手をしないで、茶を喫したら帰るつもりらしい。幸村は最も尋ねたい用件を述べた。

「どうにかして、内府公を討ち取り申し上げたく。どうぞ、御知恵を拝借致したし」

左近は絶句し、広家は武人の顔を幸村へ向けた。

第四章

豊家、滅すべし

十月に伏見を発った家康は、ゆるゆると鷹狩りを楽しみながら進み、江戸へ着くころには月が変わっていた。城に入った家康は時を惜しみ、側室に腰を揉《も》ませる間、藤堂高虎と真田信之の報告をうつ伏せて聞いている。

「和泉《いずみ》（藤堂高虎）よ、膳所崎《ぜぜさき》の城には、どれだけ兵糧を貯め込めたかな」

「ざっと十万俵（四万石相当）は」

「狭き水城で、ようやったの。大儀じゃ」

「身に余る御言葉」

先の戦いで落とされた大津城を家康は廃し、新たに高虎の縄張りで膳所城を築かせた。この琵琶湖畔の小城を築くのには、西国の外様大名が御手伝普請に動員され、徳川の懐は全然痛んでいない。

次の戦いの準備が始まっていると、ようやく真田信之は知った。家康は気持ちよさそうである。

「おお、そこじゃそこじゃ。つぼを教えた甲斐があるぞ。遠旅の疲れが吹き飛ぶわ」

「恐れ入ります」

「ところで伊豆（真田信之）」

「は」

「大坂の連中、社寺の普請に名を借り、浪人どもを上方へ寄せ集めておるとの報せ、相違ないか」

「他に、考えようがございませぬ」

豊臣家で片桐且元の進める普請は、大野治長が家康の意向として示唆《しさ》したものと、藤堂高虎の調査により判明している。家康は上田の信之へ状況を報せ、意見を求めてあった。

「まこと、上方に集まろうや」

高虎が報告する。

「噂が噂を呼んでおるらしく、まだ大した普請も始まりませぬに、続々と西国より」

「よくないのう」

「毛利・宇喜多など、西国には取り潰《つぶ》されし家が多く、放っておきますれば」

真田幸村や大野治長には予想外だったが、多くの浪人が上方に集まるだけで、徳川には負担だ。将軍宣下を勝ち取るためには、京の治安維持が必須条件だからである。

普請の噂で浪人どもを呼び寄せ、実は普請をしないという選択肢すら、大坂方にはあった。そうなれば京はたちまち、火付け強盗の嵐に襲われるかもしれない。

「さて、いかがしたものか」

「追い払うは難事。ここは、散らしては」

「伊豆よ、存念を申せ」

「普請が目当ての者どもなら街道の整備でもさせ、さほど儲からぬと噂を広めれば、おのずと散りましょう」

「散った先で騒動を起こすやもしれぬな」

「は。仰せの通りなれど」

「よし、伊豆の策を取る。和泉」

「は」

「洛中《らくちゅう》の二条《にじょう》屋敷の件、存じていよう」

「近々御築きになる、上様の御宿所とか」

「もう用意を始めておるが、城にするぞ。禁裏《きんり》を睥睨《へいげい》する天守を築く」

「屋敷から城では、ずいぶん広くなりますな。洛中ですと、空いた地はございませぬが」

「何千軒だろうが構わぬ、立ち退かせよ。禁裏を守護する城ゆえ、遠慮すな」

「承知」

「さらに、伏見の城を再建する。これも和泉がやれ。普請奉行に任ず」

「有難き幸せ」

「さてと、どうじゃ、伊豆よ」

「それがし如きの及ぶところでは」

「大きなる城普請、西国の諸侯にもさせれば問題なかろう」

「仰せの通り、浪人の心配は無くなるものと」

「よき知恵を、今後も頼む」

「恐懼《きょうく》に耐えませぬ」

ふたりが去り、なお背中を揉ませながら、家康は本多正純を呼ぶ。

「上方へ浪人を集め、一網打尽にせんとする策、ぬしが考えの通りとする」

「忝《かたじけな》い」

正純の発案した策では、全国各地で浪人を狩り集め、まとめて大坂へ送る予定である。そんなことをすれば普通なら不穏な騒動になろうが、「大坂へ行けば食っていける」との噂をふんだんに撒《ま》いておけば、大丈夫だと正純は見込んでいる。

「早速、池田、福島、黒田、加藤ら西国の大大名に、大いくさの備えをさせい」

「は。大城の普請にございますな」

「領内に浪人どもを遊ばせぬよう、強く申し渡せ。普請終わらば、領外へ叩き出せと。さすればおのずと、大坂へ集まろう。ただし、内々のことぞ。事を公にしてはならぬ。あくまでも、ぬしひとりが考え」

「心得てございます。数十万石の身代にふさわしき城を持つに、なんで御公儀が関わりましょう。領内の浪人対策も当然、諸侯の私事にて」

「大名どもに軍資金が無うならば、われらへ逆らう元気も失せるというもの。豊臣恩顧の者ども、じっくりと牙を抜かばよい」

「しかる後、浪人どもを大坂に集めさせ、城もろとも焼き払う。これで天下泰平は疑いなし」

「まずは盛大に城普請じゃ、用意を進めよ。あ、膳所の城へ兵糧を集めておけ」

「早速に」

正純がいなくなり、家康は吐息をもらす。

「どこか、間違えましたでしょうか」

「いや、うまくできておるぞ。茶阿、どう見た」

「上野介《こうずけのすけ》（本多正純）様は、偉ぶっていらっしゃいますね。あれでは敵ばかり増えそうな」

「やはり左様か。先のふたりは」

「身の程、身の処し方を、わきまえていらっしゃるのでは」

「争い合わば、誰が残る」

「皆様、いつでも気持ちよく捨てられる方々にございましょう?」

「よく見ておるな、よしよし」

「ただでさえ御家中の方々より、外様の方々は見下されておりましょうに。おふたりとも、ひどく徳川の御家中から恨まれますのね」

「うん、よってわしに頼るしかなく、だからわしを裏切れぬ」

「なるほど」

「外様の者を使うほうが心安い。御家中には能もないくせに天下の権などと、助平心ばかり膨らませる輩が多すぎるでな」

家康が小さく伸びをし、茶阿は家康の背中から手を離した。

「ねむたい。このまま休む」

「はい、ではお布団を」


長旅の疲れからか、すぐに家康は寝息をたてていた。


十二月に二条城の築城が諸将へ命ぜられ、洛中では五千軒の町家が立ち退かされた。翌年五月に普請が始まると、六月からは伏見城の本格的な再建、そして次の年に彦根《ひこね》城の築城と、相次ぐ天下普請の負担で、諸将は悲鳴を上げることになる。

また、池田輝政《てるまさ》の姫路《ひめじ》城、福島正則の岡山城、黒田長政の福岡《ふくおか》城、加藤清正の熊本《くまもと》城など、築城技術の粋を集め、城郭の巨大化と支城群の整備が進められていった。

築城続きで、さらに上方へ浪人を集める必要はなくなった豊臣家だが、寺社の造営は盛んになる一方である。寺社との結び付きが強い商家や、徳川へ忠誠を示したい片桐且元の意向が反映されていた。

慶長八（一六〇三）年二月、家康を征夷大将軍とする宣旨が下る。家康は伏見城から二条城へ移り、三月に正式な勅使を迎えた。以後しばらく、家康は就任祝賀行事で忙殺されることになる。

徳川将軍の誕生は、すぐに大坂へ影響を及ぼす。人質として大坂にいた諸大名の妻子が、続々と江戸へ移り出したのだ。もう天下が豊臣のものではない事実は、否応なく突きつけられている。

城下が現実を受け入れ始めたころ、別世界たる城内には、抗《あらが》いたがる者がいた。

「東市正（片桐且元）、いかなることぞ」

「何か、ございましたか。二ノ丸殿（淀の方）」

大柄だが色白でほっそりした淀の方の、静かで棘《とげ》のある口調に、且元は惚《とぼ》け顔で応じる。

やれ賤ヶ岳七本槍などとおだてられたものの、他の者たちが大名へ出世していったのに引きかえ、わずか四千石少々で長く留め置かれた恨みを、且元は根深く引きずっている。賤ヶ岳の追賞《おいしょう》と、思い出したように秀吉が加増し一万石の大名になれたのは、やっと八年前。賤ヶ岳合戦から十二年が経過していた。

且元の方針は定まっている。気前よく一万八千石もくれた徳川を、忠義の対象にして何が悪い。亡き秀吉の側室にすぎぬ淀の方が、いまだに落飾《らくしょく》せず主人面なのも気に食わなかった。

「徳川ごときが将軍職とは、何の間違いですか」

「間違いとは、聞き捨てなりませぬぞ。御定めになられし帝を、蔑《ないがし》ろに」

「左様な話ではございません。話をややこしゅうなさいますな」

「道理を述べておるに、ややこしくなどと仰られては心外」

「徳川が御家を蔑ろにして」

「おりませぬ」

「されど」

「秀頼様御成人の暁には、何もかも秀頼様へ御返しするが道理。必ずや禅譲《ぜんじょう》なされましょう」

「禅譲？　徳川が左様な」

「かくも人を御疑いになるとは、情けなや」

古来より禅譲とは、強者が弱者へ強《し》いるもので、逆はない。秀頼へ徳川が禅譲を強要するなら、ありえた話だが、将軍家となった今の徳川は禅譲の必要すら、なくなったのだ。

「これを疑わずにおられようか」

「高台院《こうだいいん》（秀吉正室）を追い出す際、ずいぶんと徳川の御世話になられたではござらんか。恩を御感じになるどころか疑うとは、人の道に外れ」

「ええ、もうよい。下がれ」

言われた通り、そそくさと退出しながら、且元は思う。

愚かな女だ。徳川を警戒するなら、関ヶ原の折、石田三成を助けてやればよかったものを。そもそも、なぜ家康が淀の方を助け、大坂城から秀吉の正室を追い出したか、家康の魂胆なぞ、少し考えさえすれば、わかっただろうに。

実際には、家康からの恩を感じた淀の方が三成へ協力せず、大坂城の黄金を三成は使えなかった。

家康へは、上杉征伐のため黄金二万両と米二万石が下賜《かし》されたのに、である。

——度々《たびたび》申し入れる如く、金銀米銭遣わさるべき儀も、この節に候。拙子なども、似合に早手の内有《あり》たけ、此中出し申し候故、手前の逼迫《ひっぱく》、御推量有るべく候——

使うのは今しかない。ありったけ出してしまったから、資金が逼迫している。そんな苦境を大坂城の増田長盛へ訴える、三成の書状の一節である。結局は無駄になった書状だ。

もちろん、たとえ増田長盛が心動かされたとしても、淀の方が必死に三成を助けたがったとしても、且元が、城内の黄金へは手をつけさせなかったに決まっているが。

必死に豊臣恩顧を糾合しようと努めた哀れな三成を、淀の方が見捨てた時点で、且元もまた豊臣家を見限ったのだ。且元の積年の鬱屈《うっくつ》は、最近ようやく散じつつある。そして且元と交換するように、淀の方の鬱憤は溜まる一方だった。

「かえで、かえではおるか」

「あちらに」

「はよう呼ばぬか」

淀の方の癇癪《かんしゃく》には誰も逃げ腰だが、新たに奥へ入った、かえでという女中だけは誠心誠意、淀の方の機嫌を直そうとする。気に入られて当然だ。

「お待たせ致しました」

「やれ悔しや、かえで」

「いかがなされました」

「二条に陣を構うは足利《あしかが》将軍家に倣《なら》いてのこと。徳川が代々の将軍職を手にせんとの考えは明白ぞ。

なのに市正（片桐且元）め。あやつは敵じゃ！

徳川へ寝返ったわ。これで御家も」

「何を仰せに」

「ととさま、かかさまのようには、なりとうない。

いったい、どうすればよいのじゃ」

「平気ですよ。この御城だけは、誰にも落とせませぬ」

「まことか」

「殿下を御信じ下さい。太閤殿下の御城を」

「嘘でよい、信じさせて」

「はい」

泣きじゃくる子をあやすように、淀の方が泣き疲れ眠るまで、かえでは優しく嘘をつき続けた。

その父は近江、小谷で、その母は越前、北ノ庄《きたのしょう》で、それぞれ焼け落ちる城の炎の中へ消えた。二度も体験した者の心は誰にも推し測れず、せめて眠りの中に、安らぎがあるよう祈るばかり。

淀の方を他の者に任せ、かえでは本丸をあとにした。さあ、あの法螺《ほら》吹きに仕事をさせなければ。

真田幸村は中之島《なかのしま》の西、福島あたりで木津《きづ》川の風に当たっていた。近くにある大坂城の船蔵を訪れたばかりだ。なぜか怒り顔でやってくるかえでを見ても、幸村に動きはない。

「得るものは、何かございましたか」

「そう急《せ》くな。すぐに何か得られるなら、苦労はない」

「御船蔵で何を」

幸村の行動が草の監視下にあるのは当然で、答えなくても支障ない問いだが、直接、話させたいのだろう。

「唐入《からい》りの際に奪いし亀船があると聞き、たくさん作らせれば役に立つかと思うたが」

「亀？」

「船の上側を亀の甲羅のように板で覆い、いかなる攻撃からも守る」

「まあ、役に立ちそうですね。今は漁をしていますが、かつては毛利の警固衆だった者たちを集めますか」

「警固衆とは」

「水軍です」

「いい話だ。できるだけ頼む。安宅船《あたけぶね》なども」

「はい。で、亀船は」

「ああ、詳しい者に聞いてみたら、上から蓋《ふた》をしているので周りが見えず、守りは万全ながら攻めは無理だと」

「いったい何のための船ですか」

「味方に先駆けて突っ込み、敵陣を崩す役目らしい。敵船団のただなかなら、動きさえすれば敵にぶつかる」

「左様なことを調べて、何になるのです」

「だから今日は外れだ」

「何か、御考えだったのでは」

「守らんとするほどに、外は見えず、ただ闇雲にぶつかるばかり、よく似ている」

「もっと真面目にやって下さい」

大坂城に譬《たと》えては、さすがにまずいようだ。

「やっているではないか」

「将軍宣下により城内に不安が広まっております。なんとか」

「無理だ」

「考えもせず、いきなり無理とは」

「よき思案があったとして、城内に広めてどうする。気休めのための策を練っているわけではない」

　納得できないが言い返せず、かえでは黙る。仕方がないという顔で、幸村は思案した。

「佐和山城を破却し、近くに新たな城を築くとの話は、その後」

「進んでおります。彦根に築くとか」

「なら、すぐには仕掛けて来るまいな」

「まことにございますか」

「他に築城の噂は」

「藤堂和泉守（高虎）が、あちこちを見て回っているらしく」

「まだまだ築くか。いくつもの城で囲み、しかる後に仕掛ける、と。いかにも徳川らしい」

「うかがっていて、ますます不安になるではございませんか」

「当面の気休めなら、手を打てなくもない。かつて故太閤殿下が徳川と取り交わしし約定、あったような気がする。覚えておらぬか」

「いかなる」

「縁組の話だ。勘違いかな」

「あ、秀頼様の」

「うむ」

「徳川の姫は、数年前に生まれたばかりでは」

「左様か。時期とすれば将軍宣下の直後、今が一番よさそうだが」

「一番よいとは、御家にとってでしょうか」

「いや、徳川にとってだ」

「なぜ敵の都合を」

「おかしなことを言う。まだまだ敵にしてよい相手でないから、苦労しているのだろう。徳川が認めぬ話など、進めるだけ無駄というに」

「では、御縁組により、敵にせずすむようには」

「気休めにはなろう」

徳川秀忠の娘、千姫《せんひめ》が生まれた際、将来は秀頼のもとへ嫁ぐよう秀吉が決め、家康も承諾していたが、まだ姫は七歳である。

「こんな御早く」

「遅くならば、立ち消えるは必定。さすれば気休めにすら、ならぬ」

「もう、脅かしばかり」

「左様なつもりでは」

「では修理（大野治長）様へ」

「いや、市正（片桐且元）殿からがよかろう。できるか」

「配下の者に進言させるくらいならば。で、何と言わさば」

「将軍宣下はこの上なき吉事、またさらに豊臣関白家が、徳川将軍家の御一門に加えていただかば、天下にあまねく将軍家の御威光を示せましょう」

「よくもまあ、躊躇《ためら》いなく口にできますね」

「言わせておいて、よくぞ申すわ」

「豊家が膝を屈する話、通ると御思いですか」

「太閤殿下の御定めに、大坂の誰が逆らう」

正論だ。そう思ってしまった自分を、なぜか許せなくなり、かえでは一礼して立ち去る。幸村はふたたび、風との対話に戻った。

奥御殿の者たちと立てた策に従い、首尾よく将軍家康を討ち取れたとして、それが何かになるだろうか。恐らく豊臣方のまともな軍勢は壊滅し、守る力がなくなった大坂城も秀頼も、炎の中へ消える。結果として、役を終えた老人ひとり、道連れを増やすだけではないのか。

もし父なら、嬉々として家康の首を取りに出るだろう。亡き父へ抱く確信を、わがものにできぬもどかしさで、幸村は走り出せずにいた。

風は何も、示してはくれない。

片桐且元から打診を受けた家康は、今や家康と秀忠との連絡役として、伏見で重宝されている真田信之を城に呼んだ。『知恵伊豆』の名が、すっかり伏見では定着している。

関ヶ原後の信之は物流と情報の中心地、伏見を拠点に秀忠の名で各地の復興を支援し、新田開発などの事業を推進してきた。特に越後では成果が著しい。家康の側近が徳川家内部の暗闘で忙しい間に、信之は徳川家の外から、秀忠を天下人に近づけてきたわけだ。

家康にとって有難い働きだが、家康の側近からは嫌がられている。家康の前に現われた信之は、家康に近侍する本多正純から強烈な白眼視を浴びながらも、平常心を保った。慣れとは強いものだ。むしろ、穏やかな家康の笑顔のほうが、よほど恐ろしく感じる。

「大坂より、わが孫の婚儀について確かめたいと言うて参った」

「御孫様となりますと」

「お千を秀頼の嫁に、という昔の話よ」

「ああ、左様な御話もございました」

「すまんな伊豆（真田信之）、家の用事で」

「御戯れを」

秀忠の娘と秀頼との婚儀が、ただの私事ですむわけがない。

「まだまだ先だと思うておったが、よい頃合かもしれん」

「姫君は、いまだ幼《いと》けなくおわすのでは」

「だから、何ぞ」

姫が七歳だろうと、嫁ぐ相手が十一歳だろうと、そんな私事を政《まつりごと》へ持ち込んではならない。家康の警告めいた視線を感じ、信之は畏《かしこ》まる。

「さて、華燭《かしょく》の典には好《よ》き時かな、上野（本多正純）よ」

「御意。征夷大将軍就任祝賀の使い、無理に大坂より出さす手間、省けまする。江戸大坂手切れの噂、ほどなく消えましょう」

「まだ十年ほど、城など築きながら大坂の様子をみたい。いきなりの合戦は、わが本意にあらず」

「まだ御城を」

「東海道、山陰道、諸々の道はすべて、大坂へ到る前に城で塞《ふさ》いでやろうかと思う。まあ、ただの道楽だ」

家康には駿河《するが》（駿府《すんぷ》）と尾張（名古屋《なごや》）で東海道を押さえ、さらに伊賀（上野《うえの》）と丹波《たんば》（篠山《ささやま》）にも城を築く目論見があった。確かに十年以上かかる計画だ。

「いかほど御築きになられましょうと、天下普請ゆえ、御家の懐は痛みませぬ」

「うむ。伊豆」

「は」

「右大将（徳川秀忠）より承諾を得、話を進めい。年をまたいでは祝賀にならぬ、急げ」

「すぐに」

豊臣から持ちかけてきた以上、家康の御声がかりに逆らう者はあるまい。多忙な信之だが、片手間にできる仕事だろう。さしたる懸念もなく信之は退出した。見送る本多正純の視線に、邪悪な影が混じることに気づかず。

正純との打ち合わせを終えた家康は、ひとりになると茶阿局を呼び、肩を揉ませる。

「人の妬《ねた》みとは、禍々《まがまが》しきものだの」

「上野介様ですか？」

「ほ、なぜわかる」

「伊豆守様が御こしになられたそうで」

「まさしく。揉《も》めそうだ」

「殿方の嫉妬は周りを巻き込み、ひどい迷惑になるとか」

「おなごの嫉妬など、かわいいものよ。これで大坂と、こじれるかもしれぬ」

「まあ、迷惑な」

「徳川の世が、落ち着いてからにしてもらいたいものだが、こじれたら仕方ない。いずれは滅ぼさねばならぬし」

「早いほどよいと考える方は、おられましょう」

「もしも、こじれそうなら、とことんおかしくなる前に、高台院（秀吉正室）とは会っておかねばならん。高台院がへそを曲げたら、ますますややこしゅうなるで」

「孝蔵主《こうぞうず》（高台院側近）と相談しておきます。いまさら、将軍家を討てなどと、仰いませぬでしょうけれど」

「いつも迷惑をかける」

「縁つながりにございますれば、ただの親戚付き合い。何も迷惑など」

「望みあらば、何でもよいぞ」

「御言葉に甘えますれば」

「うん」

「年若くして責重きわが子、上総介（松平忠輝）が苦労、少しでも減じたく」

「ふむ、考えておく」

「ありがとうございます」

「まったくもって天下を操るなど、面倒ばかりよ。肩がこってならぬわ」

「ほぐしております」

「いつも迷惑をかける」

今度は言い返さず、茶阿は家康の肩をほぐす指に力を込めた。


その夜、後の役職で言えば、家康の側用人《そばようにん》の立場にいる本多正純の急な来訪を知らされ、徳川秀忠は父からの叱責《しっせき》の使いと、勝手に思い込んだ。上座を空けて秀忠が待っていたのを見て、今度は正純のほうが激しく動揺する。

「ど、どうか上座へ」

「父からの御使いは、父その人と思わねばならぬ。子が父より上座に着いてよいわけがない」

四角四面な律儀さを買われて、家康の後継者となっただけに、相当な頑固だ。正純は汗をかきかき、家康からの使いではないと繰り返す。

秀忠が四月に任じられたばかりの近衛大将《このえたいしょう》という官職は、臨時に任命される令外官《りょうげのかん》たる征夷大将軍とは異なり、常設の官職では武官の最上位になる。室町幕府では足利将軍が兼任する例が多かった近衛大将に、家康が秀忠を推薦した時点で、次の征夷大将軍を秀忠とする、家康の意志は明らかなのだ。

その秀忠を下に座らせたとあっては、正純の政治生命どころか生命、家名すら危うくなる。真田信之を出し抜けた達成感など、どこかに吹っ飛んだ後、上座にいる秀忠へ、正純は平伏しながら用件を述べた。

「わが娘を大坂へ人質に出せだと?」

「まことに無理無体な申し出なれど、かねての故太閤との御約束もあり、御所(徳川家康)様は御心を痛めておられます」

「約束なら守らねばならぬ。されど」

「姫様の御命、危うくなるやも」

「左様な話、御台《みだい》(正室)へ話せるものか。怒り狂うてしまおうぞ」

「では」

「なんとかして、断われぬのか」

「御所様がなされし御約束なれば、御所様には御断わりなされますまい」

「だめなのか」

「されど」

「うん」

「右大将様なら、誰とも御約束をなされておられませぬ。ここは知らぬ存ぜぬできぬと時を過ごし、いずれ機をみて」

「機をみて、いかがする」

「昔のことわざに、両葉にして立たざれば必ず斧を用いる、とあります。将軍家と豊家、いつまでも並び立つならば、いずれ将軍家衰えたる際、豊家が禍根《かこん》となりましょうぞ」

「回りくどい。どうすればよいのじゃ」

「段取りは何もかも整えますゆえ、機をみて、天下へ号令を」

「号令すればよいのか。何と」

「豊家、滅すべしと」

その言葉の重みを感じぬまま、秀忠は子を案じる父として、何度も頷《うなず》いた。

抱えていた懸案をいくつか片づけ、真田信之が家康の意を奉じて、徳川秀忠を訪ねたのは翌日である。秀忠ははじめから、人を寄せ付けぬ空気をまとっていたが、信之は何も困難を感じず、すぐに同意が返ってくるものと思い込んだまま、不用意に用件を述べる。

「できぬ」

その一言を耳にして、ようやく信之は異状に気づく。すでに後手であった。

「御所様は、好き時と仰せになられ」

「御所様に、大坂を討つ御心、ありやなしや」

「すぐに攻める御心は、ないものと」

「十年先、二十年先であろうが、討たねばならぬものなら、左様な家へ嫁にやれぬ」

「されど」

「すでに噂は奥に届き、御台など、いたいけな姫が殺められると狂乱の体だ。どうしてくれる」

秀忠が恐妻家なのは聞いていたが、これほどとは。蒼白な秀忠の顔色を見て、すぐの説得を断念した信之は、家康へ失敗を報告する。

「時を置いては、婚儀の意味が無うなる。困ったものだ」

「どうしても、大坂を討たねばなりませぬか」

「討たねば討たれる。世の理《ことわり》ぞ」

「世には他の理も」

「わが知る世に、他の理はない。あると申すなら、ぬしらが左様な世を作れ」

「やはり、どうしても」

「ここで、右大将とわしが争うては世間によろしからず。せっかく関ヶ原で右大将の手にした大功へ瑕《きず》が付く。丸く収めるには」

丸く収めるには、裏で動いたであろう本多正純を納得させなければならない。あまり角を立てたくない気分の家康が名案を考えつく前に、信之は申し出ていた。

「婚儀の件はすべて、わが一存による粗忽《そこつ》、となされては」

気づいていたか。家康は信之の勘のよさに舌を巻く。本多正純による陰湿な嫌がらせと知った上で、おのれの処分を申し出る心意気に、家康は感じ入った。

「うん、よかろう。謹慎を申し渡すゆえ上田に戻り、越後の新田に専念せい」

「上様、忝く」

「なんの、働いてもらうさ。上総（松平忠輝）宛に書状を送り、万事、ぬしに采配を仰ぐよう命じておくゆえ、好きにしてよいぞ」

越後一国の太守、四十五万石を新たに拝領した松平忠輝は十二歳。何をどうすればいいか、家中こぞって途方に暮れているという。家康が命じれば、側近らも含め素直に信之へ従うだろう。

「なんとも、謹慎になりませぬな」

「ぬしを遊ばす気はない、心せよ」

「畏《かしこ》まりました」

「大坂との手切れ近づかば、上総と共に率兵上洛致せ。いつでもよい。それまでは」

「長の御暇をいただきます」

「達者でな」

次に会う時は、関ヶ原以上の大いくさだろう。

そんな確信を抱きつつ、信之は伏見をあとにした。

真田幸村を呼び付けた大野治長は、露骨に不信を顔に出している。

「何用で」

「ぬし、徳川の間者か」

いきなりすぎて幸村は黙る。

「なんとか言え、黙るな」

「何を言うておられる」

「上方へ集めし浪人どもは徳川の城作りに駆り出され、秀頼様の婚儀は、ぬしの兄がせいで破談、江戸との手切れは目前ぞ。ぬしの建策、ことごとく徳川のためなるは何故」

「めぐり合わせとしか」

「ふざけるな、納得できぬ」

どう言っても、納得してもらうのは無理そうだ。幸村は特に弁解せず、ますます腹を立てる治長だが、さんざん怒鳴った末、ようやく治長は、もし本当に間者なら、何も弁解しないのは不自然だと納得した。

「ぬしの兄は」

「わが兄こそ、父の仇」

決して他人が口にしてはならぬことだったようだ。一変した空気の気まずさに、治長は折れた。

「もうよい。どうするか考えよう」

「よいのでしょうや」

「次こそ、御家の御ためになる知恵を」

「簡単に仰る」

天下を敵に回して戦うすべなど、お互い知らない。ただどちらも、相手が天下だからと諦める気は、さらさらなかった。

「いくさ備えを進めるか」

「まだ表立って動くには、早いのでは」

「確かに徳川を挑発してはまずい」

「せいぜい、玉薬《たまぐすり》や兵糧を買い求めるくらいで」

「幸い、社寺造営や築城のおかげで、商家は潤っておる。大口の取引に気前よく応じてくれよう」

「南蛮と渡りはつきましょうや」

「できなくはなかろうが、何ぞ欲しいのか」

「考えます」

「まったく、ぬしは」

「はい」

「ようわからん」

それでもどこか、信頼めいた感覚が、治長に生じつつある。

南蛮の火器は優れているらしい。その程度の認識で調べ始めた幸村だが、種子島と構造の違う鉄炮は取り扱い法が異なり、しかも南蛮流の集中運用には猛訓練が必要と、どうにも面倒で効果は薄そうだ。同じ額を投じるなら、腕利きの鉄炮撃ちを増やすほうが得策らしい。

常識的な結論を気に入らず、幸村は意地で思案をめぐらせるものの、なかなか名案は浮かばずにいた。そんな折、かえでが暗い表情で訪ねる。

「備前様が、売られてしまいます。島津まで裏切るとは」

聞けば、関ヶ原で敗れた宇喜多秀家を、草の者がはるばる大隅《おおすみ》へ逃がし、島津家で匿《かくま》ってもらっていたという。それがこのほど、島津から徳川へ引き渡されると決まったそうだ。

「本領安堵と決まらば、島津はお礼に引き渡さざるをえまい」

「駿河の久能《くのう》山へ移されるとのこと。お助け申し上げねば」

おのれも関わったせいか、かえでは関ヶ原で豊臣のため戦った者たちのことになると、感情的に肩入れしすぎる傾向があった。

「まずいぞ、今は待て」

「何故です。御家のため本気で戦って下さる御方は、もう残り少なく」

「わかる。が、待て」

いったん駿河に置くとなれば、しばらく処分は保留だ。いまさら宇喜多秀家を殺す必要は徳川になく、三年ほど様子をみて遠島という流れだろう。助け出すにしても、処分が決定してからで遅くはない。

だがかえでは、幸村の説明に聞く耳を持ちたくないようだ。

「左衛門佐（真田幸村）様は、御家のため本気でいらっしゃらないから、左様な冷たい物言いができるのです」

「御家のためを思うなら、とにかく待て」

婚儀が破談になり、これから戦備を充実させていく時に、徳川を刺激するのは最悪だ。押し問答にお互い疲れたころ、幸村は話題を変えた。

「備前様のように、他家への預かりになっている将は、いかほどかある」

「渡りが付きまする先は、豊後木下家に金吾（小早川秀秋）様、筑前黒田家に明石掃部（全登）様、肥後加藤家に毛利壱岐《いき》（勝信《かつのぶ》）様となります。それぞれの旧臣も、できる限り」

「たいしたものだ。いざとならば」

「預かり先はいずれも豊臣恩顧の家。大坂へ馳せ参ずる手配、できております」

「心強い」

おのれの口にした言葉に導かれてか、幸村は少し考え、一番の迷いを述べる。

「確かめてほしい」

「何か」

「徳川との争いに、秀頼様は何を御望みか」

「そんな、まだ何も御わかりには」

「ならば、徳川との争いを望むは御袋（淀の方）様か」

「御袋様はただ、秀頼様と安らかに過ごしたいだけです。ただそれだけ、何がいけませんの」

淀の方にとって、大坂城は厳重に守られた唯一の安息場所だと、かえでは知っていた。

「御袋様は秀頼様を手放せるか」

「いいえ」

「御袋様は城を捨てられるか」

「いいえ」

「ならば、徳川との争いを望むは御袋様だ」

「何故」

城とは戦いの空間、それ自体が兵器なのだ。大坂城という最強の兵器を私物化したら、天下人と争いになるのは当たり前である。そんな常識さえ知らない者へ、幸村は語る言葉を見失なった。

「お願いです。お助け下さい」

「徳川と争わば、たくさんの人が死ぬ。わかっておるのか」

「わかりたくありません」


幸村が小さく笑う。恐らく、関ヶ原に数倍する数の人が死ぬ。それでも。

「わかった」

「左衛門佐様」

「及ばずながら、臣下として馳走申し上げる」

「ありがとうございます」

何かが吹っ切れた。おのれが求めていたのは、それだけだ。そう幸村は確認できた。


七月、駿河久能山に監禁中の宇喜多秀家が何者かに奪取される。それはただ、報告を受けた家康に開戦やむなしと決心させるだけの、ほんのちっぽけな事件だった。

家康は翌年六月、高台院（秀吉正室）と公家たちを二条城へ招き、一緒に能を見物した。大坂城を退去後の高台院に対して家康は、男女の仲を噂されるほど親しく接し、ひたすら恭《うやうや》しく持ち上げ続けている。

高台院に逆心なしとの感触を得た家康は本多正純へ命じ、隠居の準備を進めさせる。源頼朝《みなもとのよりとも》に倣い、秀忠が十万の軍勢を率い上洛。しかる後に家康が、将軍職の継承を朝廷へ奏請し、秀忠が二代将軍となる予定だ。

今度の将軍職就任も豊臣家が無視するようなら、大坂攻めを天下へ命じる口実にできると、本多正純は考えている。五年、十年と時を過ごせば、真田信之の地道な事業が少しずつ実を結び、正純の権勢が危うくなるのではないか。正純はそうなる前に大坂攻めを仕掛け、並びなき実績を築かねばならないのだ。

慶長十（一六〇五）年二月。徳川秀忠は将軍職を正式に継承すべく、江戸に集めた十万の軍勢を率い上洛の途についた。先鋒は伊達《だて》・最上《もがみ》・佐竹《さたけ》の奥羽勢二万、関東と甲信の諸将六万が続き、秀忠の旗本は二万である。

伏見にいる家康からは、まだ開戦の許可はないが、秀忠にとって開戦は決定事項であった。京では本多正純が手を回し、秀忠が将軍職についたら、じきに最初の号令を下せるよう、準備してくれている。秀忠は将軍として天下へ号令する日を、心待ちにしていた。

豊家、滅すべし、と。

第五章

流れ、止め難く

　高台寺は、秀吉正室の隠居所として京の東山《ひがしやま》に建立《こんりゅう》中である。家康のお声がかりにより天下普請で進められ、ようやく完成が近づいてきた。

　福島正則は普請の進捗《しんちょく》状況を確認した後、高台院を訪ねている。

「いよいよ御開山の運びに」

「来年ごろでしょうか」

　出家前は従一位の官位にあり、二年前に後陽成《ごようぜい》天皇から高台院の名を賜《たまわ》った天下第一の貴人は、正則の前で昔のように、かかさまと呼ばれていたころの気さくさでいる。

　そして備前岡山二十八万六千石の大大名になった正則とて、かかさまに市松《いちまつ》と呼ばれていた、そのころの気分で接している。

「将軍職継承の儀のため、江戸より十万の軍勢が発向とのこと」

「いよいよでしょうか」

「左様な噂もございますれど、果たして」

　正則が不安に苛《さいな》まれたあげく、高台院を頼った理由は、豊臣家を救えるか否か、自信を持てないからだ。高台院にしても、同じ不安を抱いている。

「東国の軍勢は右大将（徳川秀忠）と共に上洛するとして、西国の諸侯へは、どのように」

「一朝ことあらば、一万石につき二百三十五人の軍役を課すゆえ、備えを怠らぬようにと、内々に触れが回っております」

「いつ、とは」

「何も」

「では、近いですね」

近々に軍勢を動員する可能性がなかったら、まるで意味のない触れである。

「大坂を攻めるなど、とてもできませぬ」

「徳川も配慮致しましょう。江戸留守居など命ぜられるのでは」

「それで済みますか」

「大坂を攻めるなら、古今に類を見ぬ大軍を集めるはず。気乗りせぬ者たちの軍勢を用いずとも、用は足ります」

「確かに。いかが致さば」

「できることを無理なく」

「左様なことで、亡き太閤殿下へ申し開きできましょうや」

「申し開かずとも、わかってくれますよ。世が移り流れるは道理。あの人にわからぬはずがございません」

「されど」

「工夫できなくはないかも。備前の浪人を集め、大坂へ送るなり」

「よろしいので」

「上方では浪人への宿貸しを禁ずるなど、厳しくなる一方ですよ。御公儀のなされようを、そのまま真似しただけ」

「なるほど。まだまだできることが、あるやもしれませんな」

「少しでも気が軽くなりましたか」

「有難うございます」

「どういたしまして」

正則を見送り、高台院は一息つく。これからどんどん、高台院を母代わりに慕う者たちが相談しに来るだろう。無茶をしそうで一番心配な正則を破滅への道から引き離せば、あとはなんとかなりそうだ。

高台院は、彼女を母と慕う者たちへ責任を果たさねばならない。秀頼と大坂城を守るため、家を捨てて滅びよとは、口が裂けても言えなかった。

天下を取った徳川が用いる戦略は亡き夫、秀吉が得意とした位押しだ。圧倒的な数を揃え、兵站《へいたん》を整えて長期間活動させれば、それだけで戦争は勝つ。個々の戦闘で不覚を取ることがあっても、さしたる問題は生じないのだ。

そんな相手に戦いを挑もうとする豊臣家の無謀さへは、哀しみの混じる腹立たしさしか、もう浮かんでこない。高台院にとっては五年前、天下を二分する戦いを仕掛けた石田三成を淀の方が見捨てた時、すでに豊臣家の滅びは決まっていた。あとは、せめて道連れを増やさぬよう、努力するのみである。

伏見の屋敷に戻る正則を真田幸村が待っていた。

「修理（大野治長）殿の御使いとな。ああ、過日の合戦では世話になった」

「備前少将（福島正則）様には、御健勝の」

「なにが健勝だ。酒を持て」

「少将様？」

「豊家の御用であろう。素面《しらふ》で話せぬわ」

その一言で、正則の置かれた立場はわかった。

肴《さかな》の用意を待たず、正則はぐいぐいと盃を乾す。

「手土産でも持参致すべきでしたか」

「めでたくもないに手土産とは、こちらが心苦しいぞ。で、わしに何をさせたい。家名さえ残せるなら、喜んで死んでやるが」

「どうか、御無理のなきよう」

「死なせてくれぬのか」

「やはり御家を残さねば」

「豊家は、残さずともよいのか」

肝心の豊臣家に、なぜこのような人物がいないのだろう。おのれを含め、ろくな者が残らなかった現状を少し悲しみ、幸村も盃に口をつける。正則の目が据《す》わってきた。

「わしに何をさせたい」

「何をなさりたいですか」

問い返され、休みなく盃を運んでいた正則の手が止まる。ややあって、肴と共に追加の酒が運ばれてきた。

「猪兵衛《いへえ》を呼べ」

それだけ言うとまた正則は考え込み、やおら口を開いた。

「酔うた。こは、ひとりごとぞ」

「承知」

「大坂の蔵屋敷にいくらかの米（八万石）がある。何があろうと、すぐ運ぶわけにいかぬな」

「城内にてお預かりさせていただきましょう」

「わが所領（備前）には宇喜多旧臣が多く浪人し、物騒でならぬ。美作津山《みまさかつやま》十八万石の森（忠政《ただまさ》）家と図り、備前・美作の宇喜多旧領の浪人ども、駆り集めて追い出そうと思う」

「船で海へ流しては」

「おお、そうか。漕ぎ手舵取《かんど》りがおるなら、船が盗まれるもよいな」

「中国八十万石の太守（徳川義直《よしなお》）は、水軍に関心薄く、かつての毛利警固衆の多くが、今や漁をして暮らしております」

「もったいない。わずかで心苦しいが、わが安宅船に乗せてやってくれ」

「心得ました」

「あとは」

「これ以上は、御咎《おとが》めが」

「なんの、浪人を追い出せとは御公儀よりの御沙汰《おさた》、他は盗人にやられただけで、咎め立てされるいわれはない」

「謹んで盗人をば」

「あとは、そうじゃ。忸怩《じくじ》たる思いの者どもへ、使いを立てようではないか」

「さすがにそこまでは」

「浪人どもを追い出したれど、盗人にやられた。そう伝えて何がいけない」

正則は楽しそうに盃を乾す。

「殿、御呼びで」

「来たか猪兵衛、まず一献」

「殿、御用は」

「これなる猪兵衛は、宮内少（長曾我部盛親）が忠臣ぞ。京の旧主へ仕送りをせんと、わしの下に仕えておる」

「殿、御客人になんたる物言い」

「褒《ほ》めておるのだ。怒るな」

長曾我部の旧臣は、扱いにくい一領具足を動かしてきた実績ゆえか、浪人しても他家からの人気が高い。長曾我部浪人は、仕官しても京の旧主を慕い、支援を続ける者が多いという。幸村は羨《うらや》ましかった。

「殿、御用は」

「とにかく呑め。別れの盃ぞ」

「なんと、御役御免にござるか」

「ぬしが旧主のためじゃ。備前へ赴き、わが水軍の船、残らず大坂へ運べ。大坂の御城に入らば、いずれ旧主へ帰参かなおう」

「何を仰せか。化かされたようで」

「まあ呑め。生きてまた会えるかはわからぬ」

「かの黄金草の旗の下で死ねるなら、本望」

懐かしき旧主と共に戦い、死ぬ覚悟の猪兵衛を、正則もまた羨ましそうに眺めている。

正則は約束を果たした。そして、だめで元々と、正則が豊臣恩顧の諸将へ送った使いは、意外な反応をもたらす。

肥後を南北に分割して治める細川忠興と加藤清正は、小西家の旧領にいる切支丹《キリシタン》を、統治の邪魔と大量に大坂へ送り出し、それに紛れて毛利勝《かつ》信《のぶ》・勝永《かつなが》親子も大坂に着く。

土佐の山内一豊も、新たな主に従わぬ一領具足どもに手を焼き、いい厄介払いと大坂へ追放した。

そんな流れに乗り、あろうことか安芸・周防・長門の徳川義直までが毛利浪人を疎《うと》んじ、広島から大坂へ送り出す。

浪人の扱いに困る全国の家々から、浪人が大坂へ送り出されていく。目ざとい商家の中には、浪人どもを無事に大坂へ捨てに行く作業を、大名家から請け負う所まで現われている。

豊臣家が浪人を集め始めたら、全国で手を焼く浪人を、一気に大坂へ集中させてしまおうとの本多正純の計略に、真田幸村が気づいた時はすでに遅く、東西から送り込まれる浪人で大坂は飽和し、寺社の造営程度では焼け石に水となっていた。

もし豊臣家が浪人を雇わなければ、食い詰めた浪人の蜂起により大坂城を落とされるかもしれない。少なくとも火付け強盗で城下は火の海になる。

正純の意を受けた片桐且元から、そのように主張されては、大野治長も反論のしようがなかった。

否応なく豊臣家は浪人の徴募を始め、戦争への道を歩み出した。天下を悩ます浪人問題を、強引な最終的解決へ導こうとする正純の策は、すでに成就している。

秀忠の軍勢は三月に伏見に着き、四月には家康から秀忠へと、将軍職の継承が行なわれた。慶賀のため秀頼の上洛を求める使い、高台院（秀吉正室）が大坂へ送られると決まり、大坂城では混乱が広がっている。

大坂城西ノ丸に真田幸村を呼びつけた大野治長は幸村と同様、消耗している。

「浪人衆は」

「多すぎます」

浪人衆の大将として用意した一人ひとりにつき、時間をかけてゆっくりと軍勢を構成する予定だったものを、これでは収拾がつかない。混乱に巻き込まれるのを恐れ、草の連中は主力と考えてきた長曾我部盛親の召集を、幸村が見合わせているほどだ。

生国《しょうごく》を尋ね、言葉の通じそうな地域ごとにまとめるだけで、ひどい苦労である。城に貯えた黄金、千枚分銅や二千枚分銅を溶かし、当座の支度金を鋳《い》て渡すまでが精一杯だった。

「まだ戦えぬか」

「とても無理にて」

「困った」

治長の消耗の原因は、淀の方である。秀頼を伏見へやるのに断固として反対し、高台院に会う気もないと、けんもほろろなのだ。城の外へ出したら危ないと、思い込んでいるらしい。

「はや御袋様は、いくさを御所望か」

幸村の激しい口調に、治長が気色ばむ。

「違う。ただに秀頼様の御身を、御案じなされてのこと」

「ならば何故、いくさを避けようとなさらぬ」

「避けたいに決まっておろう、誰しも」

「前田家のようには、参りませぬか」

家康暗殺を企てたと濡れ衣を着せられた前田利長が、実母を江戸へ人質に出して平身低頭し、前田討伐を回避した経緯を、とばっちりを食って犯人扱いされた治長は、当然よく知っている。

「やれるなら、よいのだが」

「やらねば終わりでしょうに」

「もう一度、お話ししてみる」

「軍勢として動けるまで、半年かかるやも」

「戦いて、よきことはひとつもなし。半年と言わず、無しにしたいものだ」

幸村の一礼を受け、治長は去る。続々と増え続ける浪人の整理を続けようと、城外へ向かう幸村の前に、かえでが現われた。

「遠方の方々を、そろそろお招きしては」

「徳川を刺激したくないが、やむをえぬか」

「旧臣など集まり出したようですし、切支丹を束ねるには掃部（明石全登）様の御力が」

「わかった。頼む」

「半年の時を稼ぐには、いかが致さば」

「誰ぞ、聞き耳を立てておったな。軍勢を動かせるなら、敵の兵糧を焼かばよかろう。慎重な徳川は秋の収穫を待つ」

「そうなのですか」

「かもしれぬ」

かえでの視線が冷たくなるのにかまわず、幸村は釘を刺した。

「いつぞやのような勝手は、慎んでもらいたい。いきなり備前中納言（宇喜多秀家）様が現われ、まことにあの時は肝を潰《つぶ》した」

「いつまでも愚図愚図なさるからです」

また何かを、しでかしそうである。幸村は渋い顔をするが、無視された。

「ぬしの頭は、どうしても徳川と戦う気か」

「徳川が、どうしてもと押し付けてくるのでしょうに。決して後《おく》れを取ってはならぬとのこと」

「会えぬものか」

「頭に会うたことは、ございませぬゆえ」

「ぬしでも」

「会えるは側の者だけで」

「厳重だな。ま、そういうものか」

　幸村が草の頭なら命令もできようが、つなぎ役をさせていただいている立場では、強い態度に出られない。知恵を絞り策を立て、助言するまでがせいぜいだ。

「京も騒がしくなりましょうか」

「あ、長曾我部の主従を大坂へ」

「急ぎます」

　すっと、かえでがいなくなり、幸村も城外へ急ぐ。きちんと浪人どもを選り分け、数千程度の集団にまとめなければ、采配を振る者たちが着いても、軍勢にできないのだ。

　何をするにしても、下ごしらえ抜きではやれない。策を立てる前段階の作業に、幸村は没頭した。

　京、相国寺《しようこくじ》の近くで大岩祐夢《たいがんゆうむ》と名乗り、長曾我部盛親は逼塞《ひつそく》していた。盛親の時は止まっている。もっと鉄炮さえあれば、藤堂ごときに不覚を取らなかったものを。そんな思いで今日も、売り物の書を書き続ける盛親を、かえでと木下頼継が訪ねる。かえでは焦りを隠そうとしない。

「大坂へ、御出まし願いたく」

「ようやっとか」

「できるだけ、目立たぬよう」

「夜逃げの真似か。お断わり申し上げる。堂々と大坂へ参るゆえ、御心配なく」

「されど」

「それより、鉄炮衆は」

木下頼継が代わって答える。

「千でよろしゅうございますか」

「二千くらい、なんとかならぬか」

「浪人衆寄せ集めたる軍勢は、統制の限度がござれば、五百ほどあらば充分かと」

「われら寄せ集めにあらず。ま、豊家の仰せなら仕方ない。千で我慢しよう」

何もかも失なった盛親には、矜持《きょうじ》だけが立つ瀬である。堂々と生き、堂々と戦い、堂々と死ぬ。

大坂入城を、そんな毎日の始まりにする。安穏とした仮の日々を捨て去るには、こうした決め込みが必要だった。

「旧臣の方々へ、お伝え致します」


「わしがやろう」

「表立って御会いになるのは、いささか」

「かまわん。世話になったな。借りは返す」

「お待ち申上げております」

不安を抱きつつも、相手は元の大大名だ。無礼を働かぬよう、ふたりはおとなしく去る。

盛親は近在の主だった旧臣を屋敷へ呼び集め、盛大に酒盛りをしたあと、監視役の京都所司代へ、旧知の紀州浅野家に仕官のため、和歌山へ赴くと届け出た。

あまりに堂々とした届出を受け、所司代の板倉《いたくら》勝重《かつしげ》は、盛親が京を出るのを黙認した。内々に本多正純から、浪人の大坂行きを邪魔せぬよう、命じられていたからもある。

――寺町今出川の辻にては二、三騎ばかりにて、馬鐙などを持せたり。寺町二条にては二、三百騎になり、伏見にてはおおかた千騎にもならんか、と、人びと云いあえり――

千騎は大げさながら、世間の耳目を集めるに足る軍勢を率い、盛親は大坂に入った。遠くなった郷里で辛酸を舐《な》めてきた者、他家で苦労してきた者、大坂で待っていた懐かしい顔が、様々な年輪を刻んでいるのを見て、五年ぶりに盛親の時は動き出す。

関ヶ原後の明石全登は、切支丹仲間である如水（黒田孝高）の計らいで、筑前下座《げざ》郡小田《おだ》村に千二百五十石を与えられている。そこへ後藤又兵衛が向かっていた。

関ヶ原の本戦では調略も石田勢への攻撃も実らなかった黒田長政へ、戦後の恩賞に筑前五十二万石が与えられたのは、九州を荒らし回った如水の働き、そして吉川広家を夜いくさで捕らえた、後藤又兵衛の武功による。

それが衆目の一致する見解であるばかりか、黒田長政本人も嫌々ながら認めていた。結果、黒田家中において如水の言に逆らう者はなく、又兵衛の居心地も、これまで以上によくなっている。

筑前に移って、一万六千石を領する身になった又兵衛だが、今は小者ひとりだけを召し連れ、流れの兵法者と見まごう体だ。全登の住まう屋敷の庭で、薪割りをする総髪の大男を見つけ、又兵衛は声をかけた。

「掃部（明石全登）殿は」

「あちらに」

屋敷を指差した大男が、再び薪割りに集中する。

又兵衛は少しの間、薪割りを眺めた。

「ぬし、兵法者か」

「心得なら、いささか」

「人を斬れるか」

「十三の時、はじめて斬りました」

「掃部殿とは」

「警護のため、雇われております」

「切支丹では」

「ござらぬ」

「大望は」

「ござらぬ」

「わしに雇われる気は」

「御望みとあらば」

気に入った。又兵衛は男を値踏みし、買い取りにかかる。

「知行二百石で、どうか」

「何を致さば」

「掃部殿について大坂へ上り、天下へ仇なす者が誰か探れ」

「掃部様が大坂へ？」

「旧主（宇喜多秀家）のもとに赴くであろう」

「なるほど。探りて後は」

「斬れ」

「首を持って戻れるとは、思えませねど」

「証など要らぬ。いまさら天下に乱を起こす者が、いなくならばよい」

「世のために働けと仰せで」

「天下安寧の代償、二百石では不足か」

「なかなかの酔狂」

「左様、酔狂と心得い」

次の大坂攻めでは、関ヶ原で武功をつかみ損ねた黒田長政の意地により、黒田家の全力で参戦する破目になるのは察しがついている。次の戦いが少しでも楽になるよう、ささやかな悪戯《いたずら》であった。

「承知仕《つかまつ》った。生きて戻れましたら」

「よろしく頼む。後藤又兵衛じゃ」

「宮本《みやもと》武蔵《むさし》」

お互いに名乗ると、男は薪割りを再開し、又兵衛は屋敷に入った。明石全登が出迎える。

「これは又兵衛殿」

「主（黒田孝高）より使わされ、掃部殿の御機嫌伺いに」

「さすが、御耳の早い」

「願わくば、いくさ場で御目にかからぬよう」

「そは、こちらが望みよ。まかり間違っても、又兵衛殿の槍を相手にしとうない。もしもの際は、御目こぼし願いますぞ」

「まあ、できる限り」

全登が大坂行きを隠そうとしないのは、黒田家への信頼の現われだ。如水の意向では、表向き問題にならなければ、豊臣家に援軍を送る行為を是としている。上方の黒田長政は迷惑しているようだが、如水へ強く言えない立場だ。

如水の意を汲《く》んだ又兵衛は、黒田領内の小早川浪人などを駆り出して追放し、全登の大坂行きを目立たなくした。やがて全登の主従が消えたのを確認すると又兵衛は、軍勢一万以上を出陣させる準備にかかる。

用意ができたら長政に構わず如水の許可を得て、

すぐに伏見へ向かうべきだ。又兵衛の勘は、そう命じていた。

大坂城本丸の奥御殿に、世から捨てられた三人が住まう。普段の三人の話し合いは、おのれを捨てた世への意趣返しが主な目的である。

命がけで主家（毛利家）を守ろうとした結果、家康にだまされた吉川広家が、恨みは最も根深い。

「内府（徳川家康）の白髪首さえ取れるなら、豊臣なぞ、どうでもよい」

主（石田三成）の無念を晴らしたい島左近が、苦笑しながら返す。

「かくも世話になって、それはなかろう」

「他に何もないわ」

「今や内大臣は倅《せがれ》、御所（徳川秀忠）のほうだ。大御所（徳川家康）と呼ばねば通じぬらしい」

「知るか」

若い宇喜多秀家は、ふたりの言い合いをおろおろと見守るばかりである。左近が水を向けた。

「一の家来（明石全登）が無事に着いたそうで、何より」

「忝《かたじけな》く」

「して、豊家をお守り申上げる算段は」

「つきませぬ。が、やらねば」

「げに」

自力で豊臣家を守る策を立てられぬ現状が、問題の根本だった。僥倖《ぎょうこう》に助けられ、家康を討ち取れたとしても、憂さ晴らし程度の意味しかない。

「おのおのが存念を果たすよりないか」

左近の言葉に秀家が頷《うなず》く。

「軍勢を整え、落ち着いたら修理（大野治長）殿と話し合うてみます」

「詭道《きどう》の策なら、左衛門佐（真田幸村）殿と話すほうが面白い」

「では、いずれそちらにも」

「わしは刑部（大谷吉継）殿の御子（大谷吉治）と共に、左衛門佐殿の軍勢を引き受ける。面白そうなのでな。ぬしは」

広家は無言のまま迷う様子でいたが、ついに決断し、口を開いた。

「金吾（小早川秀秋）が来るらしい」

「左様か」

「いくさを知らず覚悟もない若造など、相手にしたくないのだが」

「御味方なら、そう邪険にせずとも」

「大江広元《おおえのひろもと》以来の名家、毛利最後のいくさが、ああも無様では亡き父（吉川元春《もとはる》）に顔向けできぬ。ふたりとも敵にしてやられし間抜け揃い、名ばかりの両川（吉川・小早川）なれど、少しはまともないくさを、世に示したい」

「よき御覚悟ではないか」

この話し合いを経て、三人は奥御殿を出た。すでに三人にとって、開戦は決定事項だ。

吉川広家は毛利浪人を軍勢として組み立て、不慣れな小早川秀秋の手助けも引き受けた。

寄せ集めの浪人どもを組織する過程を、石田家で経験済みな島左近は、食べ残しを拾い集めるようにして手勢を構築していく。

宇喜多秀家は宇喜多浪人を、明石全登は切支丹浪人を担当することになった。ふたりは大野治長に挨拶した足で、真田幸村を訪ねる。

「おかげをもちまして、今ひとたび、豊家に馳走申し上げること、かないました」

「どうぞ、面を御上げください、備前様」

まだ、いくさと決まったわけでないのだが、幸村は秀家に反論できずにいる。

「向後、ご相談に乗っていただければ幸い」

「備前様の御相談にあずかれるとは、身に余る光栄にございます」

ちょっと後ろに控えていた明石全登が、頃合をみて進み出る。

「軍勢を整え、改めてお話し合いを持ちたく」

「もちろん」

「されば、御近付きの印に」

全登の目配せを受け、総髪の大男が近づいて幸村の前に額づく。

「なかなか役に立つ兵法者ゆえ、警護にでも」

「これは助かる。よろしいのですか」

「切支丹の軍勢の中に置かれるよりは、本人も気が楽だそうで」

身辺警護など考えもしなかったが、いずれ必要なのは、言われる通りだ。幸村は無警戒に宮本武蔵を受け入れた。

大坂城下は一足早く、戦争が始まったように見えるが、城内の一角ではまだ、回避の試みが続けられている。

豊臣家御一門の屋敷は二ノ丸の南側に固まり、そこに淀の方の屋敷もあった。もう何度目になるだろうか、高台院に大坂への出発を延ばしてもらい、大野治長は説得を粘り強く続けていた。

「伏見までは船で日帰りできる近さ、なんで不安がありましょう」

「いやじゃ。道中に刺客でも潜んでいたら、どうする」

「潜ませねば、よろしゅうございますか」

幼馴染の治長相手に、何度も感情を爆発させたからか、今日の淀の方とは、まともな話ができそうである。

「潜ませぬなど、できるものか」

「できるなら、よろしゅうございますか」

「できはせぬ」

「できるのなら、よろしゅうございますな」

少しく強くなった治長の口調に反応し、淀の方が顔を背ける。悪い反応ではなかった。まだ耳は、こちらを向いている。

「豊臣恩顧の諸将、惣掛かりにてお守り申し上げる。刺客など寄せ付けませぬ」

「まことか」

「情けなや、どこまで疑えば気が済むのです」

「う、すまぬ」

「支度致します」

もう有無を言わさず、退出した治長は船で伏見へ向かった。厳しい顔で風景を眺めるうち、伏見に船が到着する。たったこれだけのことが、何故かくも難しいのだ。治長を迎える福島正則も、表情は険《けわ》しかった。

「一刻の猶予もなるまいぞ。世はすでに、大坂攻め必至と動いておる」

「御袋様が、どうにも」

「何もできぬとは、もどかしい」

「ひとつだけ」

「何ぞあるか」

「大坂までの道中、川の両岸を隙間《すきま》なく」

「兵で固めよとか」

「は、豊臣恩顧の軍勢にて」

「一万では足りまい」

「どうにか、なりますまいか」

「ぬし」

「は」

「わかって申しておるのか」

「何を」

「ここで豊家のため軍勢を出した家は金輪際、出せぬよう徳川から追い込まれる。二度と打てぬ手を、打つ覚悟はあるのだな」

「ここで打たねば、二度はござらん」

「よう言うた。あとは任せよ」

豊臣家への、最後の御奉公。正則が送った使いの口上に驚き、加藤、浅野、黒田の家が軍勢を上洛させる。中でも用意の整っていた後藤又兵衛が、真っ先に黒田勢五千を率いて伏見に現われた際、最も驚いたのは当の黒田長政だった。

淀の方の不安を静めるための軍勢だが、逆効果になりはすまいか。総勢二万が両岸を固め、九鬼《くき》水軍が前方を警戒する物々しさが、かえって開戦間近な空気を強める皮肉を感じながら、高台院は船で伏見を発《た》った。

両側に並ぶ兵たちは、全員が船に顔を向け、船が通り過ぎるや、向きを変えて川を背にする。高台院へは尻を向けぬようにとの心遣いだ。兵たちが次々に向きを変える様、見事な統率である。

人の形作る景色を愛《め》でながら、高台院は思う。人の思いが作るこの風景を、どうしても秀頼に見せてやりたい。秀頼の父親が何を託したのか、産みの母にはわからぬようだから。

大坂に着いた船を、軍勢を出した五人（福島正則・加藤清正・黒田長政・浅野幸長・九鬼守隆《もりたか》）が待っていた。たった五人。だけれども、まだ五人いると天下へ示せた以上、徳川が大坂攻めを躊躇《ためら》ってくれるかもしれない。

大坂城では、大野治長を脇に控えさせ、淀の方が上座で待っていた。正室たる高台院を相手に、側室が上に立つなどありえない。また、いったん座の上下は置くとしても、秀頼その人の不在が、諸将を憤《いきどお》らせる。

高台院の予想は正しかった。伏見から大坂まで並ぶ軍勢の話を聞いただけで、淀の方は恐怖に錯乱してしまった。事前に予告していたはずの大野治長にとっては、予想外の事態だ。

「二ノ丸（淀の方）殿、こは何故」

「幼子を奪いに参ったのであろう。去《い》ね。疾《と》く去ね。話すどころか、顔も見とうない」

「御家を滅ぼす御つもりか」

「悪いのはぬしじゃ、鬼女め」

「落ち着きなさい」

「ぬしが、治部（石田三成）めに誑《たぶら》かされなかったら、こんなことには」

五人が一様に怒りを顔に出す。慎重に中立を保ってきた高台院を、三成の一味扱いとは。淀の方が正気をなくしているのは、明らかだった。

「言うに事欠いて、何を申す」

「もうどうにもならぬ！　どうにもならぬのじゃ。どうにも」

「まだ、わからなんだものを」

伏見へ赴き挨拶しさえすれば、遅かれ早かれ滅ぼされるにしても、すぐではなかったはずなのに。

もう話のできる状態でなく、皆は城をあとにした。

「共に、船で参りませぬか。ゆるりと、昔語りなどしながら」

決死の思いを踏みにじられた諸将は、高台院の言葉に、救われる気分になった。帰りの船もまた、兵たちに見守られつつ、伏見へ進んで行く。豊臣家のため、全てを投げ打ってくれようとした諸将を見渡し、高台院は思う。守るべき豊臣の子らは、目の前にいた。守るべきは、あの女が産んだ子ではない。

船中の六名にとって、このとき豊臣の滅亡が決まった。今後、どのように事態が動こうとも皆、現実を哀しく受け入れるだろう。

淀の方は、かえでを呼びつけ鬱憤を散じたがっている。かつて小谷城が数万の敵に囲まれ、攻め立てられていた光景は、幼い頃の淀の方に消せない恐怖として刻み込まれたのだ。城外に軍勢がいるだけで、淀の方は正気を保てない。

「鬼女め、ずらりと軍勢を並べ、わらわに脅しをかけたのじゃ。あなおそろし。どうして、いたいけな子を、どうして鬼どもに引き渡せよう」

「鬼などと。御味方ではございませぬか」

「薙刀《なぎなた》じゃ！　薙刀を持て！」

「大丈夫です。どこにも敵はおりませぬ」

かえでは気づかれぬよう溜息をついた。淀の方には軍勢そのものが、不安を生じさせる要因なのだ。秀頼の幼さが、淀の方の中で兵への恐怖を増幅させたらしい。

もし秀頼が十三歳でなかったら、もう五歳ほど年を経ていたら、淀の方は承知したかもしれない。だけど今の秀頼は、安心して手放すには余りに無力だった。

「かえで、何を黙っておる」

「あ、いえ何も」

「まさかぬしまで。ぬしにまで裏切られたら、わらわは」

「左様な仰せ、悲しゅうなります」

「ぬしが言わせるのじゃ」

「何故にございますか」

「修理まで、修理までが鬼の味方を。信じておったのに」

もう限界だ。かえでは行動を起こすと決めた。愚かな行動だとわかってはいても、この人を見捨てられない。

淀の方から拒否されたと知っても、家康は動かずにいる。本多正純を筆頭に、大坂討つべしの声は高いものの、まだ大坂包囲の態勢が整っていない。ここは子ども同士、秀頼に歳の近い十四の息子、松平忠輝でも使いに立てて機嫌を取り、徳川のほうが大人であると、天下へ知らしめるべきか。

思案に耽《ふけ》る家康の前に、伊賀者を操る情報収集役の藤堂高虎が現われた。伊賀一国を与えた甲斐ある働きぶりを、家康は高く評価している。

「大御所様、まずいことに」

「どうした」

「膳所城の蔵、焼けました」

「なに」

「気づくのが遅れ、かなりの兵糧を」

「なんたる不始末」

「蔵の縄張りについて、火の用心は特に万全にしてございました」

築城した本人の言である。意味は明白だ。

「となると」

「火付けとしか」

「忍か」

「他に内からも手引きする者なくば、成しえぬわざにて」

「また、やられるかもしれぬな」

「恐らく」

「探れ」

「は」

「手段を選ばずともよい。そうだ。焼かれし分を運び入れるゆえ、また焼かせてやれ」

「なんと」

「焼かせてやる代わり」

「必ずや、ひっ捕らえまする」

細かに念を押す必要なく高虎は去り、家康は腹立たしげに予定を変更する。

豊臣方が異様にこだわる位階の上下や挨拶などは些事《さじ》、たかが儀礼に関わる話で、どうでもよい。だが、兵糧を焼くのは明らかな軍事行動である。

子どもの無礼なら笑って見過ごしてもやろうが、いくさを仕掛けてくるなら、相手が子どもだろうと敵だ。はじめて家康は、開戦の時期を決めた。

六月になると大坂の浪人衆は、ようやっと曲がりなりにも軍勢の体をなしてくる。大坂の戦力は、豊臣家が元々持っている軍勢（御譜代衆）が四万程度。これは大坂城の守備に必要な最低限の人数である。

真田幸村の下には、島左近と大谷吉治（幸村の義弟）を旗頭として、八千の軍勢が出来上がりつつある。言葉の通じぬ者同士を集めて大丈夫か、幸村が尋ねると左近は、無駄話は無きに越したことなし、と一言で片づけた。

雑多な真田勢に対し、長曾我部勢九千は土佐一色である。ただし例外は鉄炮衆千で、雑賀《さいか》者を中心に全国の腕利きを揃えていた。侍大将や物頭が充実し、軍勢の統制でも御譜代衆を超えると、大坂の誰もが認める最強の軍勢だ。

各地からの浪人の中で、最も数が多いのは毛利浪人だ。吉川広家と小早川秀秋が六千ずつを引き受け、なかなかのまとまりを示している。大国の臣下と安心していたのに、いきなり浪々の身へ突き落とされた恨みを持つ者たちへ、徳川家康によるだまし討ちの過程を説く吉川広家の言葉が、将兵一丸となった復讐心を燃え上がらせてきた。

毛利浪人が多すぎて、旧主には引き取ってもらえぬ筑前の小早川浪人は、近国（豊前）だから言葉の問題がないということで、毛利勝信・勝永親子が引き受けた。他の九州浪人も加え、親子で三千ずつを率いている。

毛利浪人の次に多い宇喜多浪人八千を率いる宇喜多秀家を、切支丹衆三千を配下にした明石全登が補佐する。

他に大野治長の弟、大野治房《はるふさ》と治胤《はるたね》（道犬《どうけん》）が四千ずつ。合計五万四千が、いま使える浪人衆である。使えるといっても、進退の自由を得るには、まだまだ調練不足だが。

さらに、軍師を自称する怪しげな者たちが、何人も大野治長の周囲に集まり、誑《たぶら》かそうと躍起らしい。徳川の間者と思われる者も含まれ、いずれ警戒が必要だろう。

だがなんといっても真田幸村の頭を悩ますのは、あぶれた浪人たちである。集団行動に問題があるものの、雇わなければ暴れ出しそうで、どうにも使えない。これが日に日に増え、五万ほどにもなりそうなのだ。

「左衛門佐様」

「ん、かえでか」

呼ばれてもすぐには気づかなかった幸村だが、容易ならぬ事態を告げられる。

「京の義弟君（木下頼継）が、伊賀者に捕らえられたと」

「なに？」

「すでに所司代が手に引き渡され、お救い申し上げることが」

「無理はよせ。何故だ。何故、伊賀者が京などで動く」

「それは……」

「よほどのことがなくば、左様な警戒を京でするものか。ぬしら、何をした」

敏感に察した幸村の詰問口調に、かえでは申し訳なさそうな震え声を返した。

「兵糧を、徳川が膳所の城に集めし兵糧を、焼きました」

「たわけが」

悔しそうに目を瞑《つむ》る幸村に、かえではおろおろと続けた。

「二度目もうまくいったのですが、手引きをした女中二名が火刑に処せられ」

「勝手をした上に、今まで隠すとは。ぬしら、豊臣の敵か」

「あまりな」

「これでもう、すぐに合戦よ。わかっておるのか。冬までにはいくさが始まろう」

「そんな、兵糧を焼けばよいと、仰せになったではございませんか」

「時と場合を考えず勝手をやり、なお人のせいにする。もう、ぬしらと付き合えぬわ」

「待って。お願いです。御家を、秀頼様を、御袋様を、どうか」

泣き出しそうなかえでを見ていられず、背を向けて幸村は言う。

「茶室にて気を整える。あとで修理殿を」

「左衛門佐様、それでは」

「誰にも聞かれたくない。周りに人を近寄せぬよう、頼む」

「はい」

山里曲輪へ歩を進めながら、幸村は頭の中で、家康を討ち取る手順をゆっくり反芻《はんすう》していた。徳川に先手を取られ、事ここに至らば、後《ご》の先《せん》を取るしかない。

松平忠輝率いる一万六千（真田信之二千、上杉景勝五千、松平忠輝九千）が伏見に到着すると、家康はななめならず喜び、城内へ招いた。

「伊豆（真田信之）よ、よくこそ約を守った」

「兵糧が焼かれたと聞きまして、越後の米を」

「おお、何よりの土産ぞ」

膳所城の話を家康は厳重に秘匿させたが、信濃の山奥にいても信之の情報収集は万全らしい。家康はさらに機嫌をよくした。

「これなる者たちの尽力により、実りし米にござれば」

信之が示す先には、上杉景勝と直江兼続がいる。

少しだけまじめな表情になった家康だが、にっこりと歩み寄った。

「この五年、ようやってくれた」

いまや、言葉を返してよい身分ではなく、ふたりはいっそう深く頭を垂れる。家康は景勝の肩に、そっと手を乗せた。

「ただいまをもって謹慎を解き、上杉家伝来の旗《はた》指物《さしもの》を許す。伊豆、よいか」

「は、喜んで差し上げたく」

「川中島二十二万石では、あまりにささやかなれど、御家再興ぞ。中納言への復帰、すぐに帝へお願い申し上げよう」

「か、忝し」

景勝の震える肩を、ぽんぽんと叩いて、家康は上座へ戻る。上杉への寛大さに、信之は大合戦が近いと確信した。

そして、信之の確信は当たる。本多正純に雇われた浪人者の一団が、いったん豊臣家の浪人衆に加わった後、脱走して京へ赴き、あろうことか禁裏に放火したのだ。

所司代に捕らえられた浪人者たちは、口々に将軍職を豊臣秀頼へ譲らなかったのは不当と訴え、黒といえぬ灰色ながら、豊臣家の関与をうかがわせる多数の情報が洛中に流布される。放火の首謀者として木下頼継が処刑されると、徳川の手先になった公家たちは、豊臣を朝敵とする綸旨《りんじ》を出させようと動き始めたが、なかなか後陽成天皇は承知しない。

そんな状況が一気にお膳立てされたのには、家康すら驚いたが、本多正純の焦りは前提の内である。家康は有難く利用することとした。

家康は本多正純に命じて片桐且元を伏見へ呼びつけ、京を騒がせし罪、そして多数の浪人を雇い乱を用意するは不届きなりとして、次の三つの条件のどれかを受け入れるよう、正純に迫らせた。

秀頼を江戸に参勤させるか、淀の方を人質として江戸へ送るか、あるいは国替えである。国替えの候補地として、家康は出羽米沢三十万石を、わざわざ天領として残してあった。

江戸への参勤も、家族の江戸在住も、あらゆる大名がやっていることで、この条件を厳しいと感じる人間は、大坂城外には存在しないだろう。大御所の豊臣への寛大さは早速、洛中の評判となるよう噂が広められた。

ところが淀の方は激怒し、片桐且元を討ち取るよう大野治長に命ずる。且元は、完全武装したみずからの軍勢に守られながら退去し、東西の手切れは決定的となった。

十月、ようやく後陽成天皇が綸旨を発し、朝敵、豊臣家への大坂攻めが、将軍秀忠の名で天下に号令される。

第六章

昏迷の前哨戦

十月一日、片桐且元が大坂城を退去した日、綸《りん》旨《じ》が出るのを待たず、家康の名で内々に、全国の諸大名へ陣触れが発せられた。先を打たれた大坂方では、大野治長が全権を握るしかなく、いつもの茶室で真田幸村と対応を協議している。

「諸将へ参陣を促す」

治長から真顔で言われた幸村は、不思議そうに答える。

「遅いのでは」

「豊臣恩顧の諸将なら」

「高台院に恥をかかせたばかり」

「されど」

「やらぬよりよろしかろうが、当てにしてはなりますまい」

「とにかく、使いを送る」

「止めてはおりませぬ」

幸村がへそを曲げている原因は、開戦を先延ばしにできなかったおのれに対する悔いだが、治長にはそこまで斟酌《しんしゃく》できない。

「諸家の大坂蔵屋敷、並びに町屋より米を徴発。堺へも軍勢を送り、武具を手に入れる」

「当たり前の手はお任せ致します」

「そちらは、いかなる手を」

「使い道のない浪人ども、どうしたものかと」

続々と集まる浪人の中には、氏家行広《うじいえゆきひろ》や御宿政《みしゆくまさ》友《とも》など万石級の大物が稀《まれ》にいる反面、多くは給金目当てで、敵を前にして逃げ出さぬ保証のない者たちだ。

「勘兵衛《かんべえ》（小幡景憲《おばたかげのり》）殿の御考えでは、使えぬ者を城内へ入れ、籠城策を取れば役に立てると」

「勘兵衛殿とは、越前（御宿政友）殿で」

「いや、武田の」

「ああ、兵法者ですか」

明らかに軽蔑《けいべつ》した口調に、治長が気分を害した。

「武田流の陣法、大いに参考になる」

「武田もまた、滅びし家」

武田の有力家臣だった真田家の者にしてみれば、小幡なにがしごときに、武田流を継承したと言われても、胡散《うさん》臭いばかりだ。かえでからは京都所司代、板倉勝重の手の者かもしれぬと、報告が届いている。

小幡景憲は、後に甲州流軍学なる商売を起こして数千の弟子を取り、武田の重臣、高坂昌信《こうさかまさのぶ》が書いたとして『甲陽軍鑑《こうようぐんかん》』なる歴史小説を執筆するなど、虚構を弄《もてあそ》ぶまことしやかな詐術《さじゅつ》の才では、他に抜きん出た人物である。治長が弄《もてあそ》ばれて当然だった。

「役立たずでも使い物になる籠城策、一理はあると思うが」

「一理はござろうとも、城を囲まれるは最後に致したく」

「紀州者で？」

「元の紀伊新宮城主、堀内氏善《ほりのうちうじよし》の子と名乗っておる」

「紀州なら一揆を結び蜂起するは、ありえましょうぞ」

紀伊の国持ちとなった浅野家は、地侍の力が強い地域で徹底した検地を強行し、二十七万石と算定されていた所領を三十七万石まで引き上げた。地侍などから十万石の農地を強奪したわけで、当然に恨みを深く買っている。幸村が乗り気なのを受け、治長も積極的になった。

「攻めてみるか」

「こちらも、後の準備につながります」

「なら、早速」

「あ、一揆を結ばすのみに。蜂起はこちらの動き

「さは、さりながら」

「すぐに兵を出さば、先手を取れましょうに。初手から籠城とは、弱気が過ぎますまいか」

「ふむ。なら浪人衆諸将の軍勢を用いようか」

「いや、困ります」

「何がまずい」

「諸将の兵は他に用いたく。使えぬ浪人どものほうを、行軍の調練を兼ね、攻め込ませては」

「軍勢の体をなすまいが」

「ついでに、口舌たくましき兵法者たちへ兵を預け、真贋を見極めれば一石二鳥というもの」

「よほどわが取り巻きを嫌っておるのだな。紀州にて一揆を蜂起させると申す者（新宮行朝《しんぐうゆきとも》）もいるが、やはり信用ならぬか」

急に幸村が真剣になり、治長を驚かせた。

を待つようお願いします」

「承知」

はじめから統制を無視していいなら、見かけ上の軍勢を作るのは簡単である。すでに諸将へ配分された軍勢が猛訓練を受けている最中、あぶれた浪人を寄せ集め、軍勢五万が用意された。

大野治長は、ふたりの弟（治房・道犬斎治胤）に二万ずつを預ける。治房は兄の取り巻きたちを侍大将として生駒《いこま》の山を越え、大和に侵入。大坂城の防備の薄い南側へ向かう敵が、大和路から攻め込んだ場合、補給の拠点となるのを防ぐべく、奈良を焼くのが任務だ。

道犬のほうは海沿いに軍勢を南下させ、浅野家の居城和歌山を囲む段取りだ。そこで一揆勢が蜂起すれば、紀伊一国を制圧できよう。

治長は一万で堺を押さえ、その南の岸和田《きしわだ》城を囲みつつ、弟たちの勝利を見守る予定である。堺の町衆は全体として日和見《ひよりみ》を決め込むようだが、豊臣に好意的な商家も多い。大軍を抱える大坂方としては、消費される物資を売ってくれる先は、いくらでも歓迎したい現状だ。

かつて秀吉が雑賀攻めの拠点として築かせた岸和田城は、五層の天守を持つ堅固な城だが、城兵は少ない。囲んでいさえすれば、大坂方の邪魔にならないだろう。

予定としてなら、数は充分だ。大和にはわずかな軍勢しかいないし、浅野勢は一万が動員の限度で、しかも領内が不穏となると、動かせる人数は五千か六千くらいに減るだろう。

ただ、問題は軍勢の質である。大和への山越えをする治房につけた、自称百戦錬磨たちがどれほど働いてくれるか、治長にはわからない。そして道犬の相手は、実際の百戦錬磨に違いないのだ。

二日の明け方、治房と道犬は、いずれも不安など微塵《みじん》も感じない顔で、いくさ見物へ行くかのように出陣し、見送る治長を心配させる。翌朝、治長は出陣するや、心配が杞憂でなかった事実を、思い知らされることになった。


道犬にとって、二万もの大軍を率いるなど未知の体験だが、いたって当人は気楽だ。圧倒的な数により、身の安全が保証されている。それだけでもう、出陣直後から道犬は安心していた。

和泉の豪族出身で地理に明るいゆえ先鋒に任じた淡輪重政《たんのわしげまさ》が、馬を走らせ近づくのを、道犬はぼんやり眺めている。

「そろそろ堺が近うござる」

重政の声は道犬の耳を素通りした。

「御大将、急ぎませぬと」

「ん、何ぞ」

「堺を目の前に致さば、兵どもが浮き足立ち」

「左様か」

「寄り道する者が出ぬよう、御下知を」

「いかがすればよい」

「疾く駈けよと」

「よきにはからえ」

なぜ兵たちを急がせねばならないか、理解せずに道犬は命を下し、重政が諸将へ触れて回る。命令の効果は、すぐに現われた。先鋒である淡輪勢を諸将が追い抜き、てんでに先陣争いを始めたのだ。淡輪勢も慌てて競争に参加する。

置き去りにされそうな本陣では、さすがに狼狽《うろた》えた道犬が叱咤《しった》し、先へ行った軍勢を追いかけ始めた。出遅れて先陣争いを諦めた軍勢を、本陣が次々に追い越していく。

本陣に追い越された軍勢の中では、後方からの監視がなくなった事実に気づく兵が少しずつ増え、行軍からの離脱が相次ぐ。戦いを放棄した兵たちの目的は堺、様々に金目のものが溢《あふ》れる大商業地である。

火をつけた後、焼け残りを物色するのが、雑兵どもの常套《じょうとう》手段だ。先行する味方を追う道犬の後方に、不吉な黒煙がたなびき出すが、道犬は無視した。

「堺が焼かれております」

「わしのせいではない」

この一言で、堺の運命は決まった。その夜は大坂からでも、天に上る火柱が見えたという。翌日には、二万戸が立ち並んでいたはずの焼け跡を前に、大野治長が呆然と立ち尽くすことになる。

高台院の警護に用いた軍勢をそのまま維持し、浅野幸長は戦う用意を進めてきた。秀吉への恩を感じているからこそ、高台院を悲しませて平気な者たちが牛耳る豊臣家には、身内として鉄槌《てっつい》を下さねばならない。

どこよりも早く、真っ先に大坂方へ一撃を与えられるよう。そんな幸長の意を受け、浅野勢五千は二日の明け方、和歌山城を出る。大坂方が態勢を整える前のほうが、手柄を立てやすい。抜け駆け同然でも、豊臣家と縁深い家が討伐の火蓋《ひぶた》を切るのは、徳川が歓迎する事態に違いなかった。

ところが物見の報告で、浅野勢の目論みは崩れる。二万の大坂方が南下中と判明したのは、日が暮れたころだった。幸長は軍議を開く。

そして方針が待ち伏せと決まり、浅野勢は樫井《かしい》まで退《ひ》いた。左右を湿地に挟まれた細長い道を進む大坂方を、銃撃で倒そうとの策だ。

勇んで進んできた先鋒が撃ち倒されたら、後続の足は止まる。その隙《すき》に和歌山城へ戻ればいい。敵へ最初の一撃を与える目的は、それで充分に果たされるのだ。

やがて朝になり、浅野鉄炮衆が罠を張る先に、大坂方が姿を現わす。


先陣争いをしていた塙団右衛門《ばんだんえもん》と淡輪重政の討死を知っても、道犬は気に留めない。先走った連中が討死したところで、敵を圧する数の大軍には変わりなく、道犬の唯一の関心事である身の安全は、相変わらず保証されていた。

常識人の大野治長であれば、明白な罠の存在に前進を躊躇《ちゆうちよ》したであろうが、道犬の非常識はさらなる前進を命じる。もとより仲間意識などない大坂方は、競争相手の脱落をあからさまに歓迎しつつ、先陣争いを継続した。

敵の足を止める勝ち逃げを目標としていた浅野勢にとって、大坂方が何も考えず前進を続けるとは、まったく予想外であった。大坂方は狭い畷《なわて》を通っての逐次投入だが、それでも浅野勢が四倍の数の圧力に抗し続けるのは困難だ。

一向に大坂方の足は止まらず、戦い続ける浅野勢は逃げる機を逸している。道犬の本陣が接近したのを知り、浅野幸長は撤退を命じた。

道犬の下にもまともな将は少数ながら存在し、無駄な先陣争いから離れていた御宿政友（元は結《ゆう》城秀康《きひでやす》の重臣）、細川興秋《おきあき》（細川忠興の次男）、新宮行朝（元新宮城主、堀内氏善の子）らが追い討ちをかけ、浅野勢にかなりの損害を与える。

道犬は浅野勢を和歌山城へ追いやると手はず通り、あらかじめ紀伊に送り込まれていた北村善大夫《きたむらぜんだゆう》（大野治長の臣）に使いを送って、一揆勢を蜂起させた。一揆には熊野《くまの》・日高《ひだか》郡・名草《なぐさ》郡などを中心に八十を超える村が参加し、反浅野の運動は紀伊全土へ広まった。

紀伊東部の熊野では、北山郷を拠点とする一揆勢と、新宮城に籠もる少数の浅野勢が、熊野川を挟んで睨《にら》み合っていた。そこへ新たな大坂方の軍勢が現われ、観念した浅野勢は新宮城を明け渡す。

成り行きで新宮城を落とした真田幸村だが、目的は新編なった豊臣水軍の根拠地探しだった。鎌倉以前から、熊野水軍の名は天下に知れ渡っている。一時的にせよ熊野を押さえられるなら、最高だ。

瀬戸内の毛利水軍を構成していた海賊衆は毛利改易後、商家の物資輸送などに携わっている。その中で吉川広家と小早川秀秋からの誘いに応じた者たちが、新たに豊臣家の買い入れた軍船に乗り込んでいた。

今回は最初の仕事として、真田勢八千を熊野まで運ぶ船を警護したが、水軍に無知な幸村が見ても、見事に統率が取れた動きであった。

大坂城の西にある船蔵では、いささか手狭になるからもあるが、幸村が大坂の外に水軍の根拠地を求めた理由は、船蔵の責任者が大野治長の弟、道犬だと知ったからである。道犬に任せておいたら、軍船が出撃する前に船蔵を占領されて終わりそうな気がする。幸村のみる道犬は、そのような人物だった。

幸村は、和歌山城を攻囲中の新宮行朝へ、新宮城を引き渡すべく使いを送る。行朝の堀内家は熊野水軍の主でもあった。豊臣水軍の根拠地を支度するにあたり、きちんと手配してくれるだろう。

数日して行朝を迎えた幸村は城を引き渡すと、軍勢を島左近と大谷吉治に預け、特に吉治へは水軍の管理を任せた後、大坂に戻った。


いよいよ、草を用いる準備に入らねばならない。

堺と奈良の炎上が上奏されると、豊臣に同情的だった天皇もついに折れ、豊臣追討の綸旨が正式に発せられた。伏見に勅使を迎えれば、徳川が大義名分を得て動き出す。本多正純にとり、大坂方の動きは歓迎すべきものであった。

「大御所（徳川家康）様、いよいよ御所（徳川秀忠）様の御名をもって、天下へ号令できまする」

「うんうん」

家康は至極、機嫌がいい。大坂方が先に動き、しかも豊臣恩顧の浅野家を攻めている以上、豊臣に味方する大名は今後、現われまい。心置きなく、大坂を攻められるのだ。ただ、その前に浅野を救援し、大和での乱暴を鎮めねば、将軍家の権威に傷がつく。

そこらの考えは、正純にも共通している。

「まずは近国の軍勢を集め、紀州和歌山へ」

「うん、手配せよ」

「は。大和はあとでも」

「大和へ大軍を差し向けたら逃げるやもしれぬが、まずは和歌山」

「御意」

伊勢・尾張と北陸だけで、四万にはなる。越前の結城秀康は伏見城代という役職上、軍勢を伏見に留めるとしても、北陸の雄、前田利長と尾張の国主、松平忠吉に、改めて軍勢催促の使いを送れば、紀州攻めに必要な軍勢を確保できる勘定だ。

それらを率い、徳川最初の武功を手に入れたい正純は、真田信之に親しい越後の松平忠輝を、あえて無視するつもりでいる。

正純が挨拶もそこそこに去って、しばらく何事か考えていた家康は、藤堂高虎を呼ぶ。家康が楽しそうである。

「大御所様には、御機嫌麗しく」

「隣国が騒がしゅうて、さぞや迷惑であろう」

「御心遣い忝《かたじけな》く。何ひとつ御役に立てませず、領国伊賀を守るが精一杯にて」

「難儀よ」

思わせぶりに間を取る家康の真意を、できるだけ早く探ろうと、笑顔を保ちながらも高虎は観察に必死である。

「大和の敵は、伏見より軍勢を出さば、すぐに逃げような」

「御意。見張られておりましょう」

「伊賀より出ださば」

これだ。

「伊賀などへは目を向けておらぬものと」

「やるか?」

「御心遣い、忝く」

家康がにっこりする。

「伊豆(真田信之)へ伝えよ」

「は」

「倅《せがれ》に、いくさを教えてやってほしいと」

「上総介(松平忠輝)様の件。慎みて伊豆守へ申し伝えます」

「大儀である」

恭《うやうや》しく高虎が退出すると、家康はにこやかに想像をめぐらせる。所詮は当座の座興であった。

二十万になんなんとする未曾有《みぞう》の大軍が、諸国から集まるのは十一月だ。本当のいくさ、徳川の天下の始まりを告げる大坂攻めは、すでに滅びた豊臣の世を過去へ流す葬送として、どうしても家康に必要な儀式である。

紀伊と大和で、本多正純と真田信之が繰り広げる意地の張り合いを、楽しく見物させてもらおう。大坂城をめぐる戦いには、見物するほどの起伏がなさそうだから。

圧倒的な数で押すだけの、つまらない戦いを家康は大坂攻めで予定していた。城外の敵を押し潰《つぶ》し、大坂城を囲んだら、あとは火薬がなくなるまで、存分に城から鉄炮を撃たせればいい。いかに潤沢な備蓄があろうと、使えば使うほど減るのが理《ことわり》だ。

大筒など派手な道具を用意してはいるが、基本は地味な消耗戦になるだろう。城を囲んだ時点で勝ちが決まると、家康は考えていた。

本多正純は兵を集めるのに躍起である。総大将たる徳川秀忠の軍勢は二条城の周辺を動かず、諸国よりの軍勢が揃ってから一部を家康に渡して、それぞれが全軍の本陣として機能する予定だ。

正純が目を付けたのは、秀忠の露払いを務めた奥羽勢である。家康の警護として伏見にいた伊達《だて》勢一万、最上《もがみ》勢七千、佐竹《さたけ》勢三千に、伊勢への発向が命ぜられた。途中、彦根で井伊直継《なおつぐ》率いる近江勢四千が加わる見込みである。

伊勢では桑名《くわな》の本多忠勝が伊勢勢八千をまとめ、藤堂高虎が好意で明け渡した津《つ》城に入って、志摩の九鬼守隆と連携しつつ、紀伊の敵に備えている。

同じく伊勢入りを命じられた、家督を継いだばかりの前田利常《としつね》は最初の御奉公と、大急ぎで一万五千を整え南下、伊勢に近い尾張の松平忠吉は、少し余裕を持って一万の軍勢を支度できた。

五万以上が集まる見通しに喜ぶ本多正純だが、ここで家康側近としての欲が出る。豊臣恩顧であるとみずから表明したばかりの者たちには、ここで徳川の臣であると表明させるべきだ。正純は軍勢催促の使いを発した。

秀頼を伏見まで警護すべく軍勢を出した五名の内、浅野と九鬼は、すでに戦いの渦中にある。残る中で本多正純が悪意の標的に選んだ二名が、難しい顔を突き合わせていた。

「いまある手勢のみでかまわぬ、すぐ伊勢へ向けよ、とは急きすぎではないか」

憤然と言う福島正則に、迷いの色が濃いと見て取った加藤清正は、穏やかな口調を心がける。

「和歌山の城が容易《たやす》く落ちるわけもなし。急《せ》く意味はあらねど、徳川も、敵味方を早く明らかにしたいのであろう」

「されど」

「不満なら国許へ帰り、謀反の支度でもしたらどうだ。愚痴をこぼすなど、ぬしに似合わぬ」

「ぬしは、いかがする」

「紀州の地侍は手ごわい。参らねばな」

「百姓持に仕りたる国」と呼ばれた紀州は、秀吉に征服された後も独立を望む気風が残り、今度の一揆にも、かつての雑賀・根来《ねごろ》の連中が多く参加しているらしい。正則が苦笑混じりに返す。

「手柄を立てさせては、もらえまいが」

「手柄なぞ、どうでもよい。わが手の者で大坂を攻めずに済むのなら」

「まことよ」

正則が観念したのを感じ、清正は微笑む。

「されば、御味方の苦戦を見物しに参ろうぞ」

高台院の警護に用いた五千ずつを率い、福島勢と加藤勢は伊勢へ向かった。


福島・加藤ほどには徳川から警戒されていない黒田長政だが、後藤又兵衛との間で話がこじれている。

「軍勢を出せぬ、などと通るものか」

「国許より追加の軍勢六千が着いてから、で筋は通りましょう」

「筋で済む問題ではないぞ」

「筋だけの話は申しておりませぬ」

「ならば、何を申しておる」

「紀州の敵、続々と数を増やしおるとのこと、甘くかからば返り討ちになりましょう」

真田幸村が吉川・小早川・宇喜多・明石の諸勢を船で紀伊へ送り、さらに一揆勢へ大量の鉄炮と玉薬を与えているとの情報は、宮本武蔵より逐一、報告されている。

「されど、あらぬ疑いをかけられては」

「これより大いくさを控え、わざわざ左様な疑いをかけましょうや」

「何にせよ、われらのみ出陣せぬは、まずい」

「どうにか致します」

「任せて、よいのだな」

「よしんば、いかな疑いをかけられようと功を立て、散じる所存なれば、御心配は御無用」

長政は根負けした。長政本人に害が及ばぬよう、いったん長政は国許へ帰り、応援の軍勢を率いて上方に戻ることが決まる。要求された通りの人数を揃えるため帰国するのは、ごく当たり前のことで、誰にも非難されるいわれはない。

長政へは説明しなかったが、紀州での一連の騒ぎと、その後の増援が大坂方の策だとしたら、深入りは危険だと又兵衛は感じている。必要以上の大軍を紀州へ突っ込んだら、足をすくわれるのではないか。どこまでも、又兵衛の勘でしかないのだが。

ただし、いかなる策が大坂方に可能かは、まだはっきりしない。今は慎重に見守るべきだ。もし何かしくじっても、主に迷惑をかけず、おのれひとり責を担えばいい。又兵衛にとって、一番楽な状況であった。

不忠のそしりを免《まぬか》れぬ行為だが、主が焦って軍勢を整えようとしても、手違いなどで、無駄に時がかかるよう、又兵衛は国許へ手を回した。これこそが真の忠義だと信じて。


浅野幸長が紀伊を治める以前から、和歌山城は大規模な改修を受けてきた。この年に完成したばかりの黒天守を見上げつつ、島左近は城の威容に感じ入っている。

城内の戦意は高いようで、旗指物《はたさしもの》に乱れがない。一方、城を囲む大坂方は弛緩している。鉄炮の玉が届かない所で、ただ立っているだけだ。これでは落とせない。四千対一万六千と、人数に圧倒的な差がなかったら、城兵の逆襲をくらって潰走《かいそう》しそうな軍勢である。

和歌山城攻めの現状について、左近と同じ評価を下せる将を探すのが、大坂にいる真田幸村からの依頼だった。かなり難しそうだ。周りの気が緩み切った状況で、兵の緊張と戦意を維持するのは並大抵な苦労ではない。

たるんだ空気の中、左近が変化を感じたのは御宿政友の陣だった。ある程度の緊張が陣内に存在し、兵たちの動きに目的と意志を感じる。やはり別物であった。

経歴に極端な誇張の多い浪人の中ですら、今川・武田・北条と渡ってきた政友は目立つ。結城秀康の重臣として一万石を領していた政友が、わざわざ浪人し大坂に来た理由を、左近は豊臣贔屓《びいき》な結城秀康の意志ではないかと判断している。

「用向きは」

いかにも武人らしい雰囲気を、単刀直入な物言いから感じ、左近は心中で喜ぶ。気が合いそうだ。

「伊勢に敵が集まりつつあるらしい。熊野にて支えたく、助太刀をお願いしたい」

「大将（道犬）へは」

「申し上げしも聞き流され」

「なるほど。さもあらん」

道犬に本気で城を落とす気があるか、正直、よくわからない。ふたりとも、そう感じている。道犬自身へ尋ねたら、いくさには興味が湧かぬ、とでも答えるだろうか。

「ただに城を眺むるのみなら、案山子《かかし》でも用が足りましょう」

「げに」

浪人には似合わぬ、からっとした笑顔を返し、政友は即決した。

「本気で戦いたき者どもと語らい、ご加勢申し上げる。時に、熊野の大将は」

「備前（宇喜多秀家）殿」

「ああ、働き甲斐のある」

「結城少将（秀康）とは御昵懇《ごじっこん》とか」

「よう懐かしんでおられた。御気の毒に」

宇喜多秀家と結城秀康は、ともに秀吉の養子となった人質仲間である。政友が主と喧嘩別れしたわけでないと確信した左近は、少し探りを入れてみる。

「少将様は、こたび」

「大坂の御城を攻めるなど、とてもできますまい。御病気と称し、御子息の三河（松平忠直《ただなお》）様を御遣《つか》わしなさるものと」

「やはり、少将様の」

「ぬしが敵の間者なら、答えようによっては、かつての主家に害が及ぶ」

冷たく鋭利な殺気を肌で感じ、左近はひたすら頭を下げる。

「ご無礼を、平に」

「三日で軍勢を取りまとめよう。新宮の城でよろしいか」

「忝い」

「わしは、この大坂のいくさで、乱世が終わると思うておる。いくさしか知らぬこの身、最後の大いくさを存分に戦いたく、参った次第。同じ思いの者、まだまだいるかもしれぬ」

元の主家に決して迷惑がかからぬ答えを残し、政友は去った。見送る左近もまた、同じ思いである。

約束通り三日後、政友は細川興秋・浅井長房《ながふさ》（浅井長政の子）を伴い、四千の軍勢で新宮へ向かう。知らされても道犬は無反応だった。

大坂城の船蔵の責任者なのに、いっかな軍船を動かそうとしない道犬に対し、大坂の真田幸村も左近らと似たような悪印象を抱いていた。志摩の九鬼水軍の縄張りである海を渡り、紀伊へ大量の鉄炮や玉薬を送るには、水軍による警護が不可欠なのだ。輸送には商家の船も借りており、襲われて沈められでもしたら信用問題になる。

輸送は重要であった。紀伊の東部、熊野へは大坂から軍勢三万余を送ったが、一揆に加担した地元の者たちへ鉄炮を渡せば、千を超える鉄炮衆が新たな戦力になると見込めるのだ。

充分な鉄炮衆に守られつつ、浪人たちに実戦で集団行動を調練できたら、紀伊での戦いは意味があったことになる。いずれ戦況が悪化し、紀伊から撤退する際には、残れば殺されそうな一揆の者たちを、大坂へ連れていくよう、船の手配もしてあった。

紀伊での戦いは本戦を戦う準備、どこまでも前哨戦である。全国からの大動員が完了するまでは、大坂城を攻められぬ徳川も、同様に捉えているだろう。大量の鉄炮で守りを固めさえすれば、無理押しは考えられなかった。

膠着《こうちゃく》するであろう戦いの中で、実戦での浪人の調練と、腕のいい鉄炮撃ちの調達、最低限これらの目的を達成すれば、大坂方の勝ちだ。だからこそ、撤退まで制海権を確保しておきたいのに、大将の道犬が水軍を動かさぬとは。これで九鬼水軍が動き始めたら。

幸村は知らぬことだが、九鬼水軍は、あらぬ疑いを招かぬよう、十一月はじめに江戸を出るはずの徳川水軍を待って、海の戦いを始める予定になっていた。

この時点で、幸村の想定は正しい。だが、紀伊攻めの準備を進める徳川方、とりわけ本多正純の態度を一変させる事態が、思わぬ場所で生じようとしていた。

奈良の有力寺社の中でも、日本全国の国分寺の本山、東大寺《とうだいじ》は別格である。古《いにしえ》に勢威を誇った僧兵こそいないが、大坂方、大野治房の大和侵入と放火には、すぐ地侍を集めて対抗し、浪人どもに火をつけさせることなく、どうにか無事、今日まできていた。

四十年近く前、松永久秀《まつながひさひで》らに焼かれた大仏殿は、まだ再建されず、簡単に倒れそうな仮堂が建てられていた。藤堂勢四千の案内で、伊賀から大和に入った松平忠輝率いる軍勢（松平九千、上杉五千、真田二千）の兵たちにとって、堂内に鎮座する大仏の姿は、恐れを感じるほど神々しく映っているようで、いつも誰かしら伏し拝んでいる。

越後や信濃から来た兵たちにとって、奈良は天竺《てんじく》のごとき異界の顕現なのだ。兵の戦意についての問題はなさそうで、この軍勢の実際の総大将たる真田信之は、胸を撫《な》で下ろす。

三将は大坂方の狼藉について、説明を受けた。生駒《いこま》の山を越え、一万五千もの大軍（はじめから山越えをする気がなく大坂へ帰った小幡景憲のような者や、寄り道してはぐれた者、道に迷った者たちなど、五千が脱落）が、空家同然の大和郡山《こおりやま》城に襲いかかってこれを落とし、さらに奈良を焼きにかかっているのだ。

由緒ある平安期の毘沙門天《びしゃもんてん》像をまつる法隆寺《ほうりゅうじ》の一部が焼かれたと知り、上杉景勝のこめかみが動く。早速、上杉勢の将兵へは、あらためて仏敵討伐が命ぜられた。

かつて謙信は、毘沙門天の化身を自称することで権威を得ようとしたが、今の上杉家では、毘沙門天のほうが謙信の化身として扱われているかのようだ。

そこへ、大坂方が近くに現われたとの報せが入る。東大寺にも四天王像はまつられており、たっての願いを受け、特別に四天王像を前に、上杉勢の出陣式が行なわれた。

堂内の多聞天《たもんてん》（毘沙門天）の前に額《ぬか》ずく上杉景勝。五千の将兵は咳《せき》ひとつなく、しんと静まって堂外に折り敷く。少し離れて見守る松平忠輝が言葉にできぬ驚きを感じるほど、上杉勢は一体化していた。忠輝の側にいる真田信之にとっても、衝撃的な光景だ。

簡潔な式を済ませた後、景勝は堂外に現われる。家中の者たちをじっと睨《にら》んだ景勝が、杖代わりに手にした青竹の一振りで、上杉勢は走り出した。忠輝も信之も、何かに弾かれたように、思わず駈け出している。

先頭に立つ上杉勢は、先鋒というより単独で、敵に当たる勢いだ。続く真田勢は、振り切られないよう追いかけるのが精一杯である。松平勢は、かなり間をあけられ、松平忠輝が悔しがっているものの、走り出す前の気持ちに差がありすぎた。

東大寺の近くに現われた大坂方は、主力の軍勢ではなく、焼け跡から金目の物を物色しようとした者たちだった。ちょっとした小遣い稼ぎである。

奈良では古刹《こさつ》が多く、一度焼いたら金目の物がかなり盗めるし、焼く前に盗んでおこうと考える者も増えていた。盗んだ物を売り飛ばし、得た銭は博打《ばくち》と酒に消える。当面の稼ぎを手にしたら、危ないことをやりたがらなくなるのが、兵というものだ。

大坂方では、軍事的な理由による放火だったはずなのだが、焼くより盗むほうが優先になった兵たちの都合で、放火は延ばし延ばしになってきていた。大将たる大野治房にしてから、なるべく罰当たりな放火をしたくないのが本音である。

敵の小勢を鎧袖一触《がいしゅういっしょく》で蹴散らした上杉勢は、逃げる敵を追いかけ、そのまま敵主力まで案内させる。大野治長へ取り入ろうと、偉そうに大言壮語を吐いてきた兵法者たちは、治房を補佐すべき立場を忘れ、思いもよらぬ上杉勢の出現で一目散に逃げ出した。

治房が物見を出し、目の前の敵は五千程度、一万五千でなら充分対応できる、と判明した時はすでに遅く、治房の手元に三千しか残っていなかった。慣れぬ大軍を動かすからと、たくさん兵法者をつけてくれた兄の好意を恨みつつ、治房は大坂への退却を決める。元が三千なら、せめて一戦してやろうという気になるものを、味方のほとんどから置き去りにされた感覚を将兵が共有していては、とても戦えない。

岸和田城を漫然と囲む大野治長は、負けいくさでも弟が無事に戻ったことを喜ぶが、改易された上杉の出現を聞き、怪訝《けげん》な顔になる。

「何かの間違いではないか。伏見に左様な軍勢は入っておらぬ」

「毘《び》の旗、確かに」

「されど」

何度話し合っても納得いく説明を受けられず、

兄弟の関係が気まずくなったころ、さらに関係をおかしくする報せが大坂から届く。

「箸尾宮内《はしおくない》（高春《たかはる》）ら大和勢二千、郡山城にて討死と。主馬《しゅめ》（大野治房）、どうしたことか」

「そんな」

「よもや、御味方を見捨て真っ先に」

「違う、信じてくれ」

「なら、きちんと申し開け」

代々、大和に根を張ってきた筒井《つつい》家の改易により、多くの大和浪人が大坂へ流れ入っていた。今回の侵攻を先導した大和の者たちは奈良を焼くに偲《しの》びず、兵糧すらない郡山城に留まり、籠城できる支度を進めようとしていたのだった。

もっとも、二千が討死とは誤報で、城にいた二千のほとんどが、二万の大軍を見るや、城を囲まれる前に大坂へ逃げ出している。守将だと名の出た箸尾高春も実は逃げ、死んだことにして大和で隠れていた。郡山城には真田信之らが入り、大軍を迎えられるように、修築と兵糧・物資の搬入が始まっている。

なんであれ、申し開きは不可能だ。治房は大和での敗兵をまとめるため、大坂へ戻った。この上は、戦いを通して申し開くしかない。

兄弟の間ゆえ、ここで残ったしこりが、いずれ厄介な問題をもたらすとは、どちらも思っていなかった。

大坂方にとり、何ひとつ得るもののなかった大和侵攻。ところが、このせいで厄介な問題を抱えた者が、徳川家にいる。本多正純である。

わずかな軍勢で大和から敵を追い払った上杉景勝、そして松平忠輝の活躍は、東大寺から宮中に伝えられ、奈良の惨状に心痛めていた帝を、大いに喜ばせたという。

正純は、豊臣を朝敵とする決め手が、奈良への放火だった事実を軽く見ていたようだ。上杉の中納言復位が即決され、松平忠輝の官位を昇格する話も出ている。

宮中の情報が即刻、手に入る正純だからこそ、焦りは濃くなっていた。真田信之の一党が地歩を固め、徳川の権力に食い込んだら、外様が徳川を牛耳ってしまいかねぬ。一大事だ。

おのれが天下を牛耳れなくなることへの不安が第一なのに、正純はおのれ自身をも、ごまかそうとしている。しかし真田の野心を徳川家中で警告しようにも、真田信之が表に出てこない以上、根拠の薄い誹謗中傷と受け取られかねぬ。

みずからは褒賞を求めぬ真田の狡猾《こうかつ》さに、さらなる敵愾心《てきがいしん》を燃やす正純は、おのれに必要なものが何かを悟る。大和での小競り合いなど霞んでしまうような、圧倒的大勝利だ。

すでに大軍を伊勢へ集める手配は終わっていたが、さらに正純は兵を求め、伏見城代、結城秀康の軍勢に目を付けた。秀康本人は大坂攻めを嫌がり、病と称して越前から出てこず、息子の松平忠直が弱冠十二歳ながら、一万の軍勢で伏見を守っている。

正純は忠直の側近に圧力をかけ、伏見から八千を伊勢へ回すよう決めると、みずから、その軍勢と同行して伊勢に向かった。七万五千の大軍で、あっという間に紀伊を制圧し、返す刀で大坂城を、弱点の南から攻める。

大坂城を落とすまではいかないにしても、敵を籠城へ追い込んだら大殊勲だ。正純はおのれひとりで、大坂攻めの勝敗を決したがっている。ふたたび、天下をわがものと思い込めるように。

伊勢は、時ならぬ大軍で賑《にぎ》わっていた。現在の指揮を執る本多忠勝が津城に本陣を置き、さらに南の松坂《まつざか》城へ軍勢が集まる。ただ、徳川から警戒されてか福島正則と加藤清正だけは、北の桑名に留め置かれていた。

「まだ軍勢が来るらしい」

清正の言葉に正則が目を丸くする。

「先日、尾張中将（松平忠吉）の大軍が通ったばかりぞ。もう五万ほどは集まっていように」

「われらを勘定へ入れるなら、五万を超えておるな。さらに加賀侍従（前田利常《としつね》）の一万五千、そして越前宰相（結城秀康）の八千を従え、総大将面で上野介（本多正純）が来る」

「馬鹿か」

正直すぎる発言に、苦笑しながらも清正がたしなめる。

「口が過ぎよう。まあ紀州攻めには十万が必要、とでも思うたのであろうよ」

「雑賀衆が治めしころの紀州とは違うぞ。しかも山ばかりの熊野を攻めるに、度を越した大軍なぞ役に立つわけがない」

「役に立たず困ったころ、われらは有難く働かせていただこうではないか」

「ふむ。用意しておくか」

冷や飯を食わされると確定しているふたりへ、活躍の機会が提供されるのは、思わぬ苦戦を強《し》いられた場合だけである。豊臣を敵にしても、浪人相手に紀州で戦う状況は、直《じか》に大坂城を攻めるより、気が重くないのが事実だ。

用意するといっても、地形を調べる程度のことで、熊野に詳しい者を探すだけの手間である。ふたりは暇にまかせ、様々な方法を検討していく。

熊野の大坂方本陣、新宮城の北に、熊野一揆の中心、北山郷がある。熊野一揆に参加した三千名と、応援に来た他地域の一揆勢の手により、島左近の構想に従い、海寄りの平地で野城の普請が着々と進んでいた。空堀と土塁、柵を組み合わせた野城の堅牢さは、関ヶ原で実証済である。

普請にしては高額な給金の他、一揆勢へは鉄炮と玉薬《たまぐすり》が、お礼としてふんだんに与えられている。やる気のなさそうな浪人どもより、よほど戦意が高く頼りになる者たちだ。自分たちの村を守るための野城でもあるから、熱心なのは当然といえる。

新宮城の近くでは浪人たちの手で、熊野川沿いに別の防御線が築かれているものの、こちらは動きに無駄が多く熱意は少ない。敵の侵攻時に、点の連なりとしてでも機能できれば、よいのだろうが、果たして。

野城を用いた後手必勝戦術は、山に挟まれた盆地、関ヶ原で地形上は十全に機能できた。今度は東に海、西に山である。地形では、関ヶ原より適地かもしれなかった。

新宮城には新宮行朝の千が入り、周辺を左近の真田勢八千が固める。熊野川沿いでは両川の毛利勢一万二千が汗を流し、最前線には関ヶ原経験者の多い宇喜多・明石勢一万一千という布陣だ。これに、和歌山城を囲んでいた四千が寄騎《よりき》として加わる。幅の狭い地形ゆえ、このくらいの人数が妥当であった。

紀州一揆勢からは、紀伊全土から千以上が鉄炮衆として参加する見込みで、普請の合間には、完成した部分の野城に入り、射程の感覚を確認するための試し撃ちが、盛大に行なわれていた。

左近は亡き主、石田三成の戦い方で、勝利をつかみたがっている。せめてもの手向《たむ》けとなるよう。

徳川家康は、本多正純の焦りが行き過ぎている事実を、承知していた。今動かせるほとんどの軍勢を、狭い山地へ投入するとは、いくさを知らぬと辛く評価されて、文句の言えない不手際である。

それでも、大坂攻め直前の戦いとして、万にひとつも敗れる可能性があってはならない。へたくそと評価しつつ、家康が口を出さぬ理由である。二条城の付近には、ようよう軍勢が集まってきているらしい。このまま大坂城を攻め滅ぼすには、緒戦の大勝利で勢いをつけたかった。

豊臣を朝敵とする綸旨を手に入れた以上、京の帝へ全軍を見せびらかし、堂々と京より出陣するのが礼儀である。綸旨が発せられてより、集合目標は二条城だけに限定され、伏見で家康の御機嫌伺いをすることも、大坂へ直接に向かうことも禁止された。大坂方より攻められた家は、当然、例外であるが。

大坂城の難攻不落伝説を焼き捨てることは、宮中になお亡霊の如く残る、豊臣の影響力を雲散霧消させ、完全に宮中を、すなわち武士以外を含めた日本全土を徳川の支配下に置くため、必要な儀式なのだ。

できれば動員可能な二十万の、全軍を二条城付近に勢ぞろいさせたかったほどである。だが、大坂方から先に仕掛けてきたからには、完膚なきまでに打ち破るのが優先だ。

本多正純が、伏見を警護していた軍勢と伊勢へ去る際、黒田勢が同行を拒否したと、ちょっとした騒ぎになった。事態が家康の耳にまで達したのは、明らかに正純の過剰反応で、家康の一声で黒田を屈服させせようとの意図が見え透いていた。

これだから、いくさを知らぬ者は困る。

家康は、国許で軍勢を整えている最中の主を待たぬは不忠、とする後藤又兵衛の訴えを認め、本多正純の出陣要求を退けた。

揃うのを待たずに動かしてもいいと、全国各地の軍勢が判断したら、いったいどれほどの大混乱が、あちこち起こることやら。そんな無様な失態を帝や公家どもへ見せるわけにはいかない。

指揮統制の分離分割には慎重であらねば、軍勢として動けなくなる。家康の得た経験則のひとつだった。いくら徳川でも、主の頭越しで命令を下していいのは、合戦の時だけだ。権力者だからこそ、分を守り弁《わきま》えねばならぬと、いずれ説教してやろう。

出陣の際に、けちをつけるのはさすがに憚《はばか》られ、特に言葉をかけず、家康は正純を見送った。一方の正純にとっては、家康が思うように動いてくれなかったことで、熱した焦りに油が注がれ、炎上したくらいの重大な事件だったのだが、そこまで正純を気遣ってやる義理を、家康は感じていない。

伊勢に入り、津に到着するや正純は、遮二無二正面から攻撃するよう、諸将に命じた。山地とはいえ、少しは迂回も考えるよう意見する本多忠勝は無視され、憤然と軍議の場を去る。紀州攻めの段取りは正純主導で進められた。

先鋒に井伊直継の近江勢四千、続いて奥羽勢二万、前田勢一万五千、松平忠吉の尾張勢一万、松平忠直の越前勢八千と順番が決まり、本多忠勝の伊勢勢八千と、福島・加藤勢一万は津城で待機する後備《うしろぞなえ》にされる。

外様を用いて敵を消耗させてから、両松平が手柄を立てるための順番だと、誰の目にも明らかであった。ふてくされる忠勝を、同じく手柄と無縁な位置に置かれた福島正則と加藤清正が訪ねる。

「何用ぞ」

「いくさのお話しでも、と」

「外様と密談とは、外聞が悪い」

「恐れながら総大将は、どなた様にございましょうや。それだけは、はっきりとうかがいたく」

「うん？」

即答しようとして、忠勝は困った。本多正純に総大将の資格はない。家康が任命したのならまだしも、伏見を出るのを黙認しただけなのだ。

「尾張（松平忠吉）殿であろうか」

「御本陣には、越前勢が」

「家格では越前（松平忠直）殿でも問題ない」

「されど」

「ああ」

子どもに総大将をさせられぬ。困りつつ忠勝は問いを返した。

「ぬしら、何を企む」

「ひょっとして総大将は、おわさぬのでは」

「なに？」

「総大将がおわさぬのなら、われらでいくさをしても、よいのではないかと」

「それでわしを」

「外様の身ゆえ、われら両名、何かと障《さわ》りが多く、勝手を致さば、あとで何を罪とされるやら」

「わしの采配に従うと申すか」

「こたびのいくさにて、是非のう功を立てたく」

紀州攻めで武功を立てたら、前哨戦での消耗に免じ、大坂城を攻めなくてよくなるかもしれない。掛値なく、正則と清正の本音である。

ふたりの真意を理解した忠勝は、合力を約束した。忠勝にとって正純は、本多一族を裏切った奸《かん》臣《しん》（本多正信）の息子であるばかりか、大事な婿《むこ》（真田信之）を目の敵にしているらしい。できることなら、一泡吹かせてやりたかった。

津城で作戦の検討が進められている時、松坂城から五万七千の軍勢が南へ動き出す。

紀州攻めの始まりであった。

第七章

明暗紀州攻め

本多正純のごり押しによって始められたにもかかわらず、紀州攻めには総大将がいない。その事実を、紀州攻めに参加した諸将も、ようやく認識し始めている。

総大将の不在は徳川方の者たちにとって、重大な問題だった。先陣を務める奥羽勢の伊達政宗《まさむね》・最上義光《よしあき》・佐竹義宣《よしのぶ》は、先鋒の井伊直継を頼るしかないのだが、肝心の直継が若年に加え生来の病弱で、戦国叩き上げの諸将相手に、優柔不断さを露呈していた。

父、井伊直政が関ヶ原で流れ玉に当たらなければよかったものを。そう悔やむばかりの直継では、埒《らち》が明かぬとみた三将は部署割りだけを決め、各自の判断で行動することにした。

伊勢神宮と熊野三山を結ぶ、参詣のための海沿いの道だけが、まともな街道である。井伊直継の近江勢四千のあとについて、伊達勢一万は山側の九十九谷《つづらど》峠を進む。最上勢七千は海沿いの荷坂《にさか》峠を行き、佐竹勢三千が続く。

その名の通り、九十九《つづら》折れの急坂ばかりを目にして、伊達政宗は内心、冷や汗をかいている。ここに伏兵が配置されれば、突破にはかなりの損害を覚悟しなければなるまい。

徳川家自体はともかく、総じて徳川方の戦意は薄かった。たかだか六十五万石の豊臣家を滅ぼしたとしても、破格の恩賞は望めない。ならばできるだけ損害を避け、無事に帰国できるのが第一だ。武功などいらない。

ふたつに分かれた道が、一石峠《いっこく》あたりで一本になる。敵が戦力の分散を嫌ったのなら、この先で待ち構えているだろう。政宗の予想に違わず、三浦《みうら》峠手前の急な上り坂を利用し、空堀に土塁、柵を配した野城が姿を現わす。急造らしく、さほど深くない空堀に、高くない土塁だが、上り坂では接近の困難が倍化する。

井伊勢が鉄炮を放つのを待って、政宗も鉄炮衆を前に出し、撃ち合いが始まった。政宗は後方へ急を報せる一方、伊達勢には撃ち合いに専念させる。まじめに戦いながらも損害は少ない。理想的な状況である。轟音《ごうおん》が空気を震わせ、盛大に撃ち合う両側へ、黒煙の壁が築かれていった。

急報を受けた最上勢と佐竹勢にとっては、困った状況である。何もせずにいたら将来の減封は免《まぬか》れないが、わざわざ前へ出ると、撃ち合いだけで済ませてくれないだろう。

早い者勝ちな状況を飲み込んだ佐竹勢が、問答無用で山中へ姿を消す。行動の迅速さでは、人数の多い最上勢が、どうしても後《おく》れを取るし、山道を行くなら小人数のほうが適任だ。

大将は井伊、撃ち合いは伊達、そして佐竹が迂回を試みるとなれば、最上に残された役目は、ひ

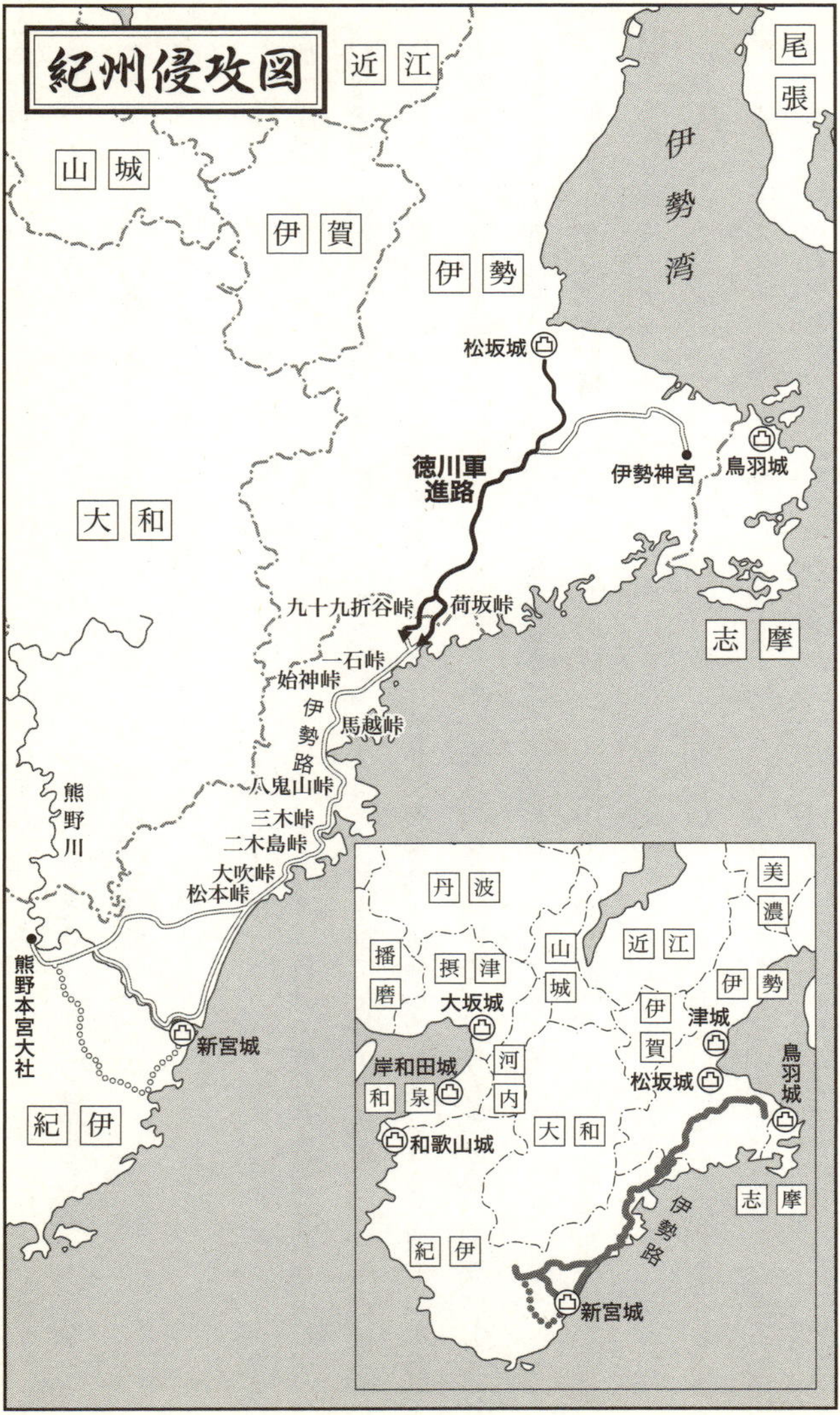
紀州侵攻図
近江
尾張
山城
伊賀
伊勢
伊勢湾
松坂城
徳川軍
進路
伊勢神宮
鳥羽城
大和
九十九折谷峠
荷坂峠
志摩
一石峠
始神峠
伊勢路
馬越峠
八鬼山峠
三木峠
二木島峠
大吹峠
松本峠
熊野川
熊野本宮大社
新宮城
紀伊
丹波
美濃
播磨
摂津
山城
近江
伊勢
大坂城
伊賀
津城
鳥羽城
岸和田城
河内
松坂城
和泉
和歌山城
大和
志摩
伊勢路
紀伊
新宮城

とつだけだろう。

最上勢が現われると、伊達勢は撃つ手を止め、どこか嬉しそうに、きびきびと道を開ける。渋々ながら顔には出さず、最上義光は突撃を命じた。

具足を着けぬ紀州一揆勢の鉄炮衆を任された明石全登は、一揆勢の腕の確かさに舌を巻いた。さすがは雑賀・根来の活躍で名高い土地である。

「放て!」

無秩序に走り来る最上勢を次々に薙《な》ぎ倒すばかりか、射撃が止まり黒煙が薄くなった伊達勢の鉄炮衆へも、損害を与えているようだ。

緒戦での戦い方は決まっていた。とにかく、徹底的に撃ちまくるのみ。最上勢が損害に悲鳴を上げ、撃ち合いへ移行すると、ふたたび黒煙の壁が両側に出現する。

やがて、火薬の残りが心許なくなってくると、全登は配下に命じた。

「焼け」

油を持った者たちが一斉に散る。一揆の者たちは手はず通り、銃身の焼けた鉄炮を放り出し、火薬などを置き捨てて後方へ逃げた。皆が逃げると油が撒《ま》かれ、火縄が放り込まれる。味方の軍勢が去るのを見届けて、全登も逃げた。火薬に引火したか、爆発音がする。

徳川方は異変に気づかず、なお撃ち続けていたが、気づいたとしても、火が収まるまで追撃は不可能だった。もし追いかけることができても、武具や具足を持ったまま、集団で動こうとする徳川方のほうが、動きは鈍かろう。

細い道に、いくつも野城を作った結果、最前線へ補給を行なうことが非常に困難になった。せっかくの野城を使い捨てにするのは、もったいない気もするが、しかたない地形である。

全登は一里ほど進むと、身ひとつで始神《はじかみ》峠の野城へ入る。すでに戦闘態勢は整っていた。火薬の量は、さっきの三浦峠より、かなり多い。新宮へ近くなるほど運びやすくなり、量は多くなる理屈だ。それだけ、長く戦える。

三浦峠から逃げてきた者たちは、さらに二里先にある馬越《まごせ》峠の野城へ向け、歩いていく。後方には鉄炮と玉薬が用意してあり、人だけがたどり着けば、すぐ戦える状態だ。

行けども行けども野城があり、ただただ撃たれ続ける展開に、戦意の上がらぬ徳川方がどこまで耐えられるか。心身の消耗を誘う、多分に心理的な戦法を、大坂方は緒戦で取っている。

それから五日、馬越峠から先、八鬼山《やきやま》峠、三木《みき》峠、甫母《ほぼ》峠、二木島《にぎしま》峠、大吹《おおぶき》峠と、上り坂の野城を相手に戦い続け、伊達・最上勢は完全に戦意を喪失した。交代した前田勢も、そろそろ音を上げそうになっている。後方で状況のわからぬ本多正純は、地形を考えず、いたずらに大軍を投入した愚を省みぬまま、ひたすら前進を命じていた。

戦えなくなる要因は、心理的、体力的な消耗ばかりではなかった。進めば進むほど後方に増えていく空堀と土塁が、荷駄にとって大きな障害となり、撃ち合いで極端に消費する火薬の補給が、追い付かないのだ。ただでさえ荷駄には、峠道がきついというのに。

また、荷駄と合流するため一度後方へ下がると、前進してきた後続の軍勢との間で混乱が生じる。撃ち合いに疲れた伊達勢など、これ幸いと混乱に乗じ、松平忠吉の尾張勢と入れ替わってしまった。

消耗しつつある前田勢と疲弊した最上勢が、現在の先鋒である。もう一戦か二戦で、尾張勢と交代しなければならないだろう。兵站《へいたん》上の攻勢限界は近づいているが、本多正純の頭には前進と勝利しかなかった。

松本峠《まつもと》を過ぎると、海沿いに平地がつながるようになる。新宮城から松本峠までなら、充分な補給が可能ゆえ、松本峠では本格的な野城が築かれ、宇喜多勢八千が待機していた。


一揆勢と三千の手勢で大敵を翻弄してきた明石全登を、宇喜多秀家は気持ちのよい笑顔で迎える。

「天晴れな働きぞ」

「過分なる御言葉、忝《かたじけな》く」

「まずは休め。さぞ山歩きは辛かったろう」

「これしきのこと」

「少しはわれらにも働かせよ。せっかくの調練というに、これでは大坂の御城を守る役に立たなくなるわ」

「考えが至りませず」

「よい。まあ休め」

「狙うべきは、旗色悪しき五輪塔（最上家）にござる。そろそろ前田家も鉄炮放ちが鈍くなり」

「助かる」

「新手が出るやも。どうぞ御用心を」

「無理はせぬ。まだ調練ではないか」

「安堵致しました」

秀家も歴戦の武人である。任せろと言うからには任せるべきだ。野城の構築が主任務だった真田勢の他に、大坂から熊野へ派遣された軍勢は宇喜多と毛利、ある程度は意思の疎通が図れる中国勢同士だった。

寄せ集めの浪人衆は軍勢としてまとまりを保ったまま動き、戦えるようになるのが、当面の目標だ。狭い範囲を受け持てばよく、敵を疲れさせながら、順々に戦う配置ができる熊野の戦場は、大坂方にとって理想的である。

切支丹への弾圧が現実のものとなりつつある今、最も戦意の高い全登の切支丹衆が、同じく戦意の高い一揆衆と協力して敵を消耗させたのは、次に戦う宇喜多勢がやりやすくなるように、だった。そして宇喜多勢は、さらに信頼性の低い毛利勢の出番まで、敵を痛めつけるのが役割だ。

翌朝、松本峠の登り口に前田勢と最上勢が現われ、宇喜多秀家は心の中で今一度、明石全登の健闘を称えた。確かに敵は疲れている。延々と同じような戦いを強いられ、倦《う》んでしまったか。秀家は、おのが直感に基づき、戦い方を決め直した。

敵の目を、覚ましてやろう。

また、だらだらと長い撃ち合いになる。坂の上に野城を見た時、前田勢と最上勢のほとんどは、刷り込まれた条件反射のように、そう思った。有効射程から少し離れたあたりで、頭上の敵が鉄炮を放つと徳川方は、いつものように前進を止め、鉄炮衆を前に出して撃ち合いの準備を始める。

頭上から、銃声ではなく喚声が聞こえてきた時、状況を誰も理解しなかった。前に出て、鉄炮を撃ち放つ準備をしていた者たちが、坂を駈け下る宇喜多勢の槍に叩きのめされる。

まず最上勢が蹂躙《じゅうりん》され、総崩れになった。最上勢の逃げ道を塞《ふさ》ぐ前田勢へ、最上勢と宇喜多勢が入り混じって雪崩《なだ》れ込み、前田勢にも支えられなくなる。

完全に予想外の状況に、前田勢の後備《うしろぞなえ》が裏崩れを起こすと、松平忠吉にはなすすべがない。いち早く状況を把握した伊達政宗は、狭い街道上での大混乱に巻き込まれるのを避けるべく、さっさと後退する。本多正純のいる本陣へ向けて、敵襲により本陣を警護する、との使いを送ったのは、ささやかな用心であった。

戦意があろうとなかろうと、坂の上にいれば駈け下りるのは自然な行為で、宇喜多勢から敵への恐怖心を取り除くには、ちょうどよい状況だ。宇喜多秀家は野城へ鉄炮衆だけを残し、敵に止めを刺そうと出撃を準備するが、思わぬ横槍が入る。

山中に道無き道を進んだ末、どこにいるか不明だった佐竹勢三千が、撃ち合いとは異なる合戦の騒音を聞きつけ、姿を現わしたのだ。それまで佐竹義宣が、撃ち合いの中に現われても的になるだけ、と行方不明を決め込んでいたのは、公にできぬ事実である。

敵の数は少なくとも、宇喜多勢の過半が後ろから撃たれる位置関係に、秀家は退《の》き鉦《がね》を打たせせた。

佐竹勢は野城から射撃を集中され後退するが、宇喜多勢の後退は、徳川方以上の大混乱となる。

宇喜多勢で、冷静さを保ったまま後退の合図に従ったのは十人にひとり。後方へ敵が現われたとの噂に肝を潰《つぶ》し、槍を捨て逃げ戻ったのが半分である。残りは頭に血が上ったまま攻め下り、状況の変化を察した伊達勢の待ち伏せを受け、徹底的に打ち破られた。

秀家は兵を回収すると、後方の平地で軍勢の再編に努めるが、一度乱れてしまうと、なかなか再建が難しい。いくさが怖くなって姿をくらませた者が大半だが、損害は二千以上になった。

ただ、大損害を受けたものの、この場合は残り物に福があると考えてよい。秀家は鉄炮衆と馬廻りで野城を守り、逆襲の機をうかがっていた。狭い所に密集した徳川方も再編に苦労しており、松本峠で一時的に、戦いは膠着《こうちゃく》した。

だらだらした撃ち合いだけが続く折、明石全登が姿を見せる。

「左衛門佐（真田幸村）殿より、後方へ退くようにと使いが」

「まことか、何故」

「殿、ここ紀州のいくさ、何と仰せでしたか」

「ふむ」

秀家は頷《うなず》く。

「調練は終わりか」

「御意」

「ならば、あとは毛利に任せよう」

「あちらはまだまだ、調練が要りましょう」

「わかった。殿軍《しんがり》は」

「身共が」

「よし」

　その夜、宇喜多勢が松本峠を去り、ようやく野城地帯を抜けた徳川方は、再編に必要だった空間を平地に得た。補給難に苦しんできた徳川方は、充分な兵糧・物資の集積に努め、しばらく進撃を停止する。本多正純を守るため、身動き取れぬようになっている越前勢の所に、兵糧や物資の荷駄が集中した。

　やがて徳川方は当初の順番通り、井伊勢を先頭に南下し、広い熊野川の向こうに、吉川勢の姿が見えてきた。

　新宮城は北と西が熊野川、東が海という位置にある。牟婁《むろ》郡を支配する堀内氏の館で、水濠を有するなど、地域支配の象徴たる城として機能していたが、関ヶ原合戦のころ落城した。

　軍勢千を率いる新宮行朝（堀内氏弘《うじひろ》）は城の跡地を拠点とし、昔よりも本格的な城郭となる、城の再建を希望したが、大坂方は野城を築くのに手一杯で、名ばかりの新宮城は、兵糧・物資の集積所以上の機能を持たないのが現状である。

　吉川広家が注目したのは、城跡よりも立地だ。熊野川沿いに防御線を設定すると、新宮城は前線の各拠点からほぼ等距離にあり、兵站の拠点として最適なのだ。

　このころ、新宮を守っていた島左近の真田勢八千は後方へ下がり、和歌山城を囲んでいた御宿政友らの四千が、代わりに新宮行朝の寄騎となって、城跡の防御強化に努めている。

当面、戦うのは熊野川を守る毛利浪人、吉川広家と小早川秀秋の六千ずつである。広家は秀秋を『無能』として信用せず、秀秋は広家を『狡猾《こうかつ》』として信頼を置かない間柄だが、徳川への恨みという一点でだけ、この世に生き続ける意味を共有していた。

「わしが川沿いに布陣する。ぬしは後ろで」

「待った」

広家から命じられ、気に障《さわ》った秀秋が言葉を遮る。広家の目論見に従えば、小早川勢が盾代わりに利用されてしまうのでないか。実際には逆の内容を広家は述べているのだが、秀秋は信頼する味方から裏切られた悔いが、いまだに根深い。

松尾山城で秀秋を裏切った重臣どもは、寝返りの功により、いずれも美濃で大名になったと聞く。もう誰にも、だまされまい。不覚は取らぬ。

「逆にするのか」

「否」

即座に断わってから、どうするか秀秋は考え始める。代案を提示せずの全否定に対し、広家は苛《いら》立《だ》った。

「なら、どうする」

「別に動く」

それきりで説明もなく、秀秋は話し合いを打ち切って去り、広家の腸《はらわた》は煮えくり返った。その怒りの矛先は、実際には秀秋でなく、ひたすら徳川にだまされ、結果として主家を滅ぼしてしまった、過去のおのれの無能さへ向けられている。

徳川へ、毛利の恨み、見せてやらねば。そんな思いが広家を突き動かす。もう二度とだまされまい。もう二度と不覚は取るまい。実際には、過去への悔いでしかない思いだった。

広家は、熊野川沿いに作った土塁の中で、北側の使えそうな数ヵ所へ鉄炮衆百ずつを配し、新宮城の東に布陣する。もし西側から敵が渡河したら、城にいる軍勢に相手をしてもらうしかないが、いくらなんでも、敵を目の前にしたら戦うだろう。

広家が向こう岸を見やる中、西から東へ井伊、伊達、佐竹、前田が川沿いに布陣し、その後ろに最上、さらに松平忠吉の尾張勢、最後尾に松平忠直の越前勢が控える。

人数は、ざっと十倍か。広家は微笑む。ずいぶん戦い疲れた様子だが、これでもう終わらせようとの意志を、将兵からひしひしと感じる。これなら、小早川勢をうまく使えれば面白かったのに。

少し残念に思う広家だが、あのような無礼者に勝たせてもらわなくていいと思い直し、手許に残した鉄炮衆の半分を、配した中で一番西の土塁へ送った。

西から東へ流れる熊野川は、東の河口付近へ行くほど幅が広がり、渡河の困難が増す。徳川家中ゆえ戦意が一番高そうな井伊勢の頭さえ押さえれば、他の外様連中は無理をしないだろう。

やがて徳川方が川に入り、胸まで浸かりながら進む。川が深いので、誰も玉避《よ》けを持つ余裕はない。ゆっくりと射程内に入る的の一つひとつへ向け、複数の筒先が火を噴いた。

今の流量では、渡河など無理だろうに。

広家の常識的判断は、熊野川の状態を調べもせず渡河を命じる本多正純の焦りとは、別世界に存在していた。ここまで大坂方に苦しめられるばかりで、景気のよい大勝利など、何もない。大軍を率いて無様な戦いしかできなければ、武辺こそを価値と見なす徳川家では、致命的な瑕疵《かし》になりかねなかった。

無謀な突撃命令が、外様諸将はもちろん、徳川家中の者たちの戦意をも奪っていく。そして正純以外の誰もが、止めたいと願う流れを、北西からの銃声が止めた。

小早川勢が、正純のいる本陣の北西から、銃撃を続ける。流量の少ない上流で熊野川を渡った小早川勢六千は、徳川方の最後尾へ西から回り込み、一気に本陣を襲ったのだ。

「いかん、いかんぞ！」

「上野介（本多正純）様」

「攻めよ！」

そのまま前へ進めば多くの味方の中で、かえって安全だったろうが、正純は反転して攻撃するよう越前勢に命じた。越前勢が向きを変える間に、もう一斉射した小早川勢は、鉄炮衆を置き捨てて突撃する。

正純と松平忠直を逃がすため、多くの軍勢を割いた越前勢の動きを見て、小早川秀秋は無防備になった荷駄へ、攻撃を集中した。不測の事態を恐れ、正純が本陣に抱え込んでいた荷駄こそ、熊野にいる徳川方全軍の生命線である。

「いかん！　わしが、わしがやられては、御家の一大事ぞ！」

ほとんど狂乱する正純にとって気の毒なことに、唯一の主役を自認する正純の知らぬ所で、戦いは大きく動いていた。

松本峠を抜けた本多正純が、熊野川の渡河を試みる前に、平地で補給と軍勢の再編に専念していたところ、本多忠勝は手勢二千を率い、志摩に入った。伊勢の守りは地元諸将に任せてある。敵に伊勢を襲う意味はなく、伊勢を空にしてもいいくらいだが、あまり勝手をやるわけにいかない。

志摩の九鬼守隆へは、先に福島正則と加藤清正が出向き、説明をしたはずである。志摩へ入るや恭しい出迎えを受けた忠勝は、話がついたと知り、少し安心した。

仇敵の倅、あの小僧(本多正純)に、いつまでも大きな顔をさせるものか。忠勝は、本多正純がしくじると確信していた。

伊勢から南下するだけで熊野を制圧できると単純に考えるのは、地形を考慮せぬ点で、机上の空論ですらない。きちんと地形を調べれば、机上でも無理は明らかなのだ。大軍を有効に用いたければ、ある程度の空間は、どうしても必要になる。

そして進めば進むほど、大軍ゆえ補給は困難だ。山伏が修行のため走り回る、起伏の激しく細い山道を、重い荷を背負って運ばせるなど、冗談にしか思えなかった。補給を続けられないのに、ひたすら正純が数を増やそうとしたことにも、忠勝は批判的である。

そして恩賞を当てにできぬ戦いへ、どれだけ外様諸将が本気で関わるのかが、最大の疑念だ。熊野より攻めるなら、精兵一万を忠勝に預けてくれさえすれば、前に出てくる敵を、各個に打ち破れるものを。

そこまで考えて忠勝は、おのれの希望がすでに、かなっている事実に気づいた。福島・加藤の精兵一万を用い、おのが思いを現実にすればよいのだ。

鳥羽城へ案内された忠勝は、先着の福島正則と加藤清正に謝意を伝えた後、鳥羽城主、九鬼守隆と詰めの交渉を始めた。

「他ならぬ中務《なかつかさ》（本多忠勝）様の仰せ、船を出すは障りござらねど」

「何ぞあるか」

「あちらこちらの商家へ手配致しおりまするに、肝心の大船が、なかなか」

「ふむ」

「いくさ船にては、あまり一度に大勢を運べませぬゆえ」

「急ぎで頼む」

「承知仕《つかまつ》りました」

三日後、忠勝は船上にあった。九鬼水軍の大安宅五艘に守られ、いくつかの商家から集めたらしい寄せ集めの船団で、福島・加藤・本多勢一万二千を運んでいる。

無理に大手柄を欲しがろうとさえしなければ、当たり前の結論に行き着くものを。

忠勝は、知恵を曇らす本多正純の焦りを、密かに哀れんだ。潮風を受けながら考え事をするうち、不意に船上が騒がしくなる。

「どうした」

「敵の船にござる」

「なに？」

「じき和歌浦ゆえ、船いくさに巻き込まれぬよう、急ぎ岸へ向かいます」

「着くのか」

「は、御心配なく」

ならば問題はない。忠勝は考え事に戻った。

「入津《にゅうしん》！」

着いた。忠勝は岸に警戒する者がいないのを確認し、安心して船を下りる。


意外な場所で九鬼水軍と出くわした大谷吉治の心は、安心とかけ離れた状態にある。

「何故だ、敵に何故わかった」

青ざめてひとりごとをもらす吉治は、八艘の大安宅を率い、熊野へ戻る途中だった。村上水軍出身の副将が、吉治の狼狽《ろうばい》振りを呆れつつ言う。

「御頭、いかがしますか」

「何をだ」

「戦うか、逃げるかを」

「逃げる？　数では」

「数では勝れど、潮が」

「まずいのか」

「は」

「逃げてはならん。邪魔をさせるわけには」

「しからば、敵が寄って来るまで、しばし様子を見ては」

「ぬし、攻めたがらぬは何故ぞ」

「敵に攻め来る気配なく」

潮の状況は有利な九鬼水軍だが、徳川水軍の到着を鳥羽で待つよう定められており、本多忠勝の特別な用事が済んだ今、勝手に船いくさを始めるなど論外であった。無事に鳥羽へ帰してもらえるなら、九鬼水軍には戦うべきいわれがない。

「されど、先へは行かせられん」

「九鬼水軍とやりあうには、用意が足らず」

「石火矢など用いると聞いたが、用意はあろう」

「確かに石火矢の用意はあれど左様なもの、波間に浮きたる船より放ったとて、百にひとつも当たりませんぞ」

「当たらぬと？　当たらぬものを、わざわざ乗せて何に使う」

「敵を魂消《たまげ》させ、その隙を突くためのものにて。総出で熊手を打ちかけ板を渡し、乗り移りて船ごと分捕るが、船いくさの定法」

「乗り移ると申しても、わが軍勢、出払うておるではないか」

「乗り移りてのいくさには、普段なら交代の漕ぎ手として、船中に人手を用意してございますが、こたびは」

吉治が頷く。今回だけは特別である。

「出払うておるな」

「よって、用意が足りませぬ」

「わかった。心得違いであったわ」

「御わかりいただけましたか」

「まだまだ、知らぬことばかりだ」

「じきに、見事なる水軍大将ぶりを拝見できるものと」

敵が仕掛けて来ないまま、東へ去るのを確認した吉治は、熊野への帰還を諦め、用心のため大坂へ向かうよう命じた。大坂で吉治は、大坂城の船蔵を制圧するよう、義兄（真田幸村）から命じられることになる。

紀州と周辺の情勢が緊迫する中、道犬（大野治胤）が行なった対応策は、岸和田城を囲む兄（大野治長）へ応援を頼むことだった。囲んでいればいいだけの岸和田城に、一万も張り付かせる意味はなく、最低でも八千は送ってくれるだろう。

そんな期待を込め道犬の送った使いは、けれど逆の返答をもたらした。

「和歌山の城は一揆勢に任せ、疾く戻られたし、とのこと」

「まさか」

大量の鉄炮を与えたとはいえ、一揆勢だけの力で抑え込める相手ではない。聡明な兄の言とは、とても思えなかった。

大野治長の本音を明かせば、いつでも敵が大和路から大坂城の南へ侵入できる以上、紀伊を制圧する意味はなくなっている。軍勢を大坂へ戻すほうが、優先されてしかるべきだ。そもそも、使い物にならない浪人の調練という目的は、もう達成したではないか。といったところだが、大坂方では真田幸村以外に話しても、理解はされないだろう。

道犬は釈然としないながら、やはり兄の命令には従うことにする。集められた紀州一揆勢の中心人物たちは、騒然となった。

「われらを見捨てる気か」

「身勝手な」

「あたら大人数を引き具して城ひとつ落とせず、何しに参った」

無表情を変えず、頭ひとつ下げるでもない道犬の態度が、火に油を注ぐ。これまで一揆勢の世話をしてきて、なんとか穏便に済ませたい北村善大夫（大野治長の臣）より出された、紀州に残ればひどい目にあいそうな者すべてを、大坂城で受け入れるとの提案は、かろうじて認められたが、喧嘩別れという雰囲気を払拭《ふっしょく》するのは無理だった。

　浅野家による報復の激しさを予想して、早くも一家で大坂へ逃げたり、紀州の独立のため戦いたい者は、熊野に移り始めている。そんな折、徳川方上陸の噂が広まった。

　気持ちの収まらぬ一揆の首謀者たちが、戦いの終わりを目前に、密議を進めている。

「こんなんで終われるものか。いやだ」

「せめて浅野に意趣返しを」

「浅野が困るよう、何かできまいか」

「徳川は和歌山の城を目指そうな」

「当たり前ぞ」

「ならばひとつある。うまくいかば、大坂へ移りて後の立場も、かなりよくできよう」

「いいではないか」

「やるなら、ともかく手が欲しい」

「もう、じきに終《しま》いぞ。やらんでどうする」

　全員が賛成し、すぐに役割が決まった。

　浅野家に仕え二百石を知行しながら、一揆勢に加担した津守《つもり》与兵衛《よへえ》が和歌山城に現われ、浅野家で一万石を領する重臣、上田《うえだ》重安《しげやす》が応対した。

「降参の使いか」

「は。大坂方の大将が近くに参るとのこと」

「まことか」

「討ち果たすなら、好機にござれば」

「見返りは」
「わが一族と近在の者、どうか御赦免賜《ごしやめんたまわ》りたく」
「殿に言上致そう。場所は」
「その際、ご案内申し上げます」
浅野幸長は打って出るべしと即断、重安は武勇自慢の亀田高綱《かめだたかつな》と共に、千五百を待機させた。

一揆勢の密議の中では、打って出るか逃げ出すか不明と評されていた道犬だが、よほど不利でなければ逃げ出しはしない。今回は人数が互角ということだから、一揆勢が味方の分、大坂方が有利な勘定である。

城を目指す敵を待ち受けるのに適した場所へ、道犬は案内される。もし道犬が逃げ出す気なら、道案内の者にだまされて、同じ場所へ連れて来られる予定だった。どうしても、ここで戦ってもらわねばならないのだ。

道犬は城を背にして一万二千を布陣させ、敵を待った。一揆勢の鉄炮衆が応援に来るはずだが、その前に敵、加藤清正が姿を現わす。総数は互角のままだ。道犬は渋い顔で戦いを始めた。

加藤清正の軍勢は数こそ五千だが、その半分近くが鉄炮衆である。緒戦の撃ち合いでは加藤勢が大坂方を圧倒した。撃ちすくめられた大坂方の脇腹へ、回り込んだ福島勢五千が一筋に突っ込む。早速、浪人たちは崩れ出した。

勝てそうにない。つまらなそうに不利な戦況を眺める道犬は、逃げ道の確保を命じ、手許の兵を数百、後方へ送った。

「申し上げます！」

「うん」

「和歌山城の敵、千余が囲みを破り、こちらへ」

「すぐ逃げよう」

先ほど手放してしまったので、本陣の兵は六百ほどしかない。どうせ負けるなら、早く逃げるほうが安全だ。道犬は躊躇《ためら》いなく軍勢を放り出した。

本多忠勝は名草《なぐさ》山の麓に本陣を置き、少し高い所から合戦を見つめている。戦場を一望するには、ここしかないという最適な場所だ。

加藤勢の射撃と福島勢の突撃により、大坂方の浪人たちは散り散りになろうとしている。そこに敵の後方から軍勢が現われ、忠勝は物見を送った。新たな軍勢は敵の本陣に迫り、たまらず敵本陣が後退を始める。物見から断片的な報告が入りだし、忠勝は状況を分析する。

「浅野か、剛毅なものだ」

援軍の到来を察知しての動きと判断し、忠勝は素直に賞賛した。ところが、敵の本陣に追いつきそうになった浅野勢の周りを、突然の轟音と黒煙が取り囲む。

大将を囮《おとり》にしての待ち伏せ。敵ながら、やる。舐《な》めてかかっては、いけないようだ。忠勝は追い討ちを命じる前に、しばらく様子を見ることにした。敵の鉄炮衆に囲まれた浅野勢の周りでは、途切れることなく射撃の轟音が続いている。もう全滅だろう。

浅野の将は歴戦の古兵で、油断により罠の中へ誘い込まれたのではなさそうだ。よほど念入りに、鉄炮衆が隠蔽されていたのだろう。地元の敵は、これがあるから怖い。忠勝は加藤・福島勢の側面や後方に伏兵がないか調べさせようと、さらに多くの物見を放つ。

あれだけの鉄炮衆があるなら、はじめから出しておけば、こちらが苦戦したかもしれぬに。ようやく忠勝は不自然に気づくが、それ以上の想像をめぐらす余裕はなかった。

忠勝と近習たちの周りを、突然の轟音と黒煙が取り囲む。同時に近習たちが忠勝を囲み、ばたばたと撃ち倒される。

「伏せい！」

煙がなければ、どこに敵がいるか、相変わらずわからない。確かに巧妙な隠蔽である。身を屈めて目を細め、煙の濃淡を探る忠勝は、明らかに煙の薄い一帯をどう判断すべきか、少し考えた。

おのれなら、あの向こうに軍勢の主力を伏せるが、敵は素人かもしれない。

結局、忠勝は敵を侮らぬことにした。

「続け！」

怪しい一帯から少し離れた所に、比較的煙の薄い一帯を見つけ、忠勝はそちらへ手勢とともに駈ける。

忠勝の判断は正しかった。だが飛び来る鉄砲玉の数発が忠勝を貫き、敵陣を突破する前、忠勝の足が止まり、その身が崩れ落ちた。

浅野勢の接近を受け、馬廻りや近習さえ置き去りに、ひたすら逃げる道犬を救ったのは一揆勢だ。追いかける浅野勢は、待ち伏せた一揆勢の鉄炮によりほぼ壊滅、道犬の周りは一揆勢ばかりになっ

た。道犬にとっては、周りが浪人衆だろうと一揆勢だろうと、同じことである。

「御大将」

「む？」

一揆の首謀者たちの顔を、道犬は記憶に留めていない。津守与兵衛は恭しく頭を下げる。

「向後、われらが大将となっていただく。よろしいな」

「よかろう」

一番安全な道を選ぶのが、道犬の生き方である。一揆勢が総出で大坂へ届けてくれるなら、安全は間違いなかった。

加藤清正と福島正則は、前方に待ち伏せていた敵鉄炮衆の多さに驚いて前進を止め、状況の激変をあれよあれよと見送っていたせいで、後方の異変に気づくのが遅れた。

そして本陣の異常事態を知らされ、今度は、逃げていく敵への追撃どころではない状況にある。

「中務（本多忠勝）が討たれただと？」

本多勢からの使いに対し、清正も正則も、にわかに信じられぬという態度だった。

「首を、取られ申した」

「武勇無双、天下一と謳《うた》われしに、なんとまあ呆気ない」

各自、それぞれのやり方で忠勝の冥福を祈る。

しばらくして使いの者が言った。

「われら帰国する能《あた》わざれば、しばらくは御下知をいただき、弔い合戦と致したく」

「どうする」

清正の言葉に、正則は激しく反応する。

「どうするもない。やるのみ」

「わかった。任す」

「おう」

本多勢で被害を受けたのは、忠勝と近習だけだという。合戦の采配を預かる総大将として、戦場全体を俯瞰《ふかん》できる場所へ行くと、あらかじめ読まれていたのだろう。慣れぬ地で、地元の者に待ち伏せをされると、忠勝ほどの武人でも防げないということか。

二千近い本多勢を臨時の寄騎として配下に組み入れ、正則は清正に確認した。

「城へ参るか」

「このままでは兵糧がなくなる。伊勢へは戻れぬ。大坂を落とす気はない。さすれば、残るはひとつしかなかろうて」

「うむ」

上田重安と亀田高綱の率いた軍勢を失なったものの、和歌山城を囲んでいた一揆勢が、まとめて姿を消し、代わって福島・加藤勢が入城すると、城内は歓声に包まれた。嬉しそうに迎えた浅野幸長だが、本多忠勝討死と知るや、顔がこわばる。

「まずいではござらぬか」

「われら三名、高台院警護の一件で、徳川から目をつけられておる。そこへ、かような」

「謀反の言いがかりをつけられでもしては、かないませんな」

「左様」

「兵糧の貯えはござる。いずれほとぼりが冷めましょうから、このいくさ、落ち着くまではわが城にて、いかがか」

「帰れぬでな。謹んで居候させていただく」

「こちらこそ喜んで」

「時に、熊野ではいかがなことに」

少し黙っていた正則の言葉で、また幸長の表情が曇る。

「新宮の城を目前に兵糧が乏しくなり、伊勢との境まで下がったと」

「当分、帰れぬか」

渡れない熊野川を相手に悪戦苦闘したあげく、小早川秀秋に本陣を崩されて荷駄を失ない、たまらず敗走したという間の抜けた事実は、厳重に伏せられている。

「左様に考えます。あるいは船で御帰りに」

「このあたり、敵の水軍が動いておる」

「では、いけませんな」

無理に危険を冒《おか》してまで、動く必要のない状況だ。京に集まる大軍が大坂攻めに動き出したとわかってから、北上して戦えばいい。和歌山城からなら、うまくいけば、大坂城一番乗りも不可能ではないのだ。正則と清正には、その気がまるでなかったが。

まずは近隣の状況について、情報収集が肝心である。敵の軍勢が姿を見せなくても、まだここは敵地だ。三人の意見は一致した。

根気よく囲んだ末、ようやく岸和田城を開城させた大野治長は、弟の道犬が、紀州の一揆勢のみを引き連れて戻ったのに驚く。鉄炮衆二千とは、ひょっとすると行きよりも帰りのほうが、戦力は増しているかもしれない。

治長は岸和田城を道犬に預け、大坂へ戻ることにした。岸和田はかつて、泉州知行の問題で紀州勢と秀吉との合戦場になった場所であり、一揆勢にも少しは、なじみのある者がいる。一揆勢から反対はなかった。

大坂城は南側が防備の弱点で、敵は必ず南側へ大軍を集中する。それを防ぐために大和と紀伊へ大軍を送ったのだが、岸和田城に多数の鉄炮上手を配置できたことで、ささやかながら目的は達成されたと思いたい。治長は、そのように総括した。

治長が不在の間に、大坂城では渡辺紀《わたなべただす》(淀の方の側近の息子)が淀の方に取り入り、実権を握りつつあるという。兄弟揃って命懸けで御家のため働いた実績を押し出し、城内の実権を奪い返さなければならない。

終わってみれば治長にとってのみ、価値ある戦いであった。一連の戦いのおかげで、治長は城内の実権を取り戻すことになる。

そのころ大坂の外では、十数万の将兵が大坂攻めの号令を待っていたが、当面、治長には関係がないことだった。おのれが司《つかさど》る城内の平安だけを、治長は願っている。

第八章

襲撃

熊野の松本峠を抜けた本多正純が、熊野川の渡河を試みる前に、平地で補給と軍勢の再編に専念していたころ。

真田幸村は、振り出しに戻るような無理を引き受けた毛利勝信・勝永親子から、報告を聞いている。引き受けてもらったのは、大野治長が大和と紀伊へ送り出した軍勢からこぼれ、大坂に戻ってきた浪人たちの受け皿である。

「三千ずつなりしを、いきなり倍ゆえ、動くさえままならず」

「申し訳ない。御引き受けいただき、まことに忝《かたじけな》き次第」

苦情を言う勝信に平謝りの幸村へ、勝永が気休めを口にする。

「三千が六千でも、動かすくらいなら、いずれ」

「甘い。でたらめをぬかすな。物見遊山にあらず、いくさぞ。ただでさえ、兵は逃げるものなるに」

「まあまあ」

息子には厳しい勝信を宥《なだ》めながら、幸村は申し訳なさで一杯になっている。そもそも、大和と紀伊へ送り出したのは使い物にならぬ兵で、そこからこぼれ落ちた兵が、使い物になるわけがない。うまくいっても恐らく、惣構えの土塁に張り付かせるのがせいぜいであろう。それだけでも充分、有難いが。

戦力外を戦力に、戦力を精兵に、精兵を最精鋭に。幸村の方針は以上である。勝信の言う通り、物見遊山でないからには、まだまともな戦争など無理だ。すぐに大合戦が始まると、遺憾ながら籠城しかできないのが、大坂方の現実であった。

そして籠城策は、破滅を先送りにするだけで、未来を開く策にはなりえない。籠城を選んだ瞬間、豊臣家の滅亡が決定すると、幸村は感じていた。

毛利親子への御機嫌取りを終えた幸村は、かえでを相手に、仕掛けの最後の確認作業に追われる。

「確かにできるのだな」

「何度も聞かないで結構。豊家と親しき御家中には、多くの者がおりますゆえ」

「草とは、たいしたものだ。大御所（徳川家康）や御所（徳川秀忠）の配下には」

「無理を仰らないで下さい」

「ま、そうだろう。商家は」

「船も火薬も、これ以上は手配できぬほど。何もかもが、仰せのままにございます」

「助かる」

「あちこちで、品薄のため困る人が」

「いくさゆえ、勘弁せい」

「いくさなら何をしてもよいと御考えですか」

「何をしてでも、いくさだけは勝たねば」

負ける戦いに意味はない。負けそうな戦いを引き受けている身としては、辛い事実だ。

「米の買占めは、まだ先ですか」

「手付けを打ち、そろそろ用意を」

「進めます」

いやがらせ程度の意味しかないが、敵の大軍が大坂に勢揃いするころ、近畿の商家から米が一斉になくなるよう、幸村は手配している。兵糧を現地で調達できないとなれば、国許などから運ばねばならず、いくらかは敵の負担が増えよう。

徳川方の兵糧を備蓄している膳所城を焼くなら、その時だっただろうに。今となっては警戒が厳重すぎて、無理だ。

「普請の手配は」

「これからです。熊野の普請を終えたばかり、職人らを休ませねば」

「そうさな」

「茶臼《ちゃうす》山と岡山、篠山でよろしいのですね」

「うん、国分《こくぶ》はそのあとで」

大坂城は西が海、北に天満川、東は湿地で守られ、南側だけに平地が続いている。防備を整えるべきは南側で、山と呼ばれてはいるが、元は古墳だったらしい土盛を、陣地として強化する予定である。かえでが、思い付いたように言う。

「御城には」

「籠城するなら、南へ出丸でも築こうか」

「早速」

「冗談だ。籠城などしたら、もう終わりよ」

「されど、備えはあるほうが」

「手が空いたら頼む。縄張りは考えておこう」

「はい」

盛大に神社仏閣の普請を行なってきた功徳《くどく》か、普請や作事に関してだけは、速さも出来栄えも天下一の結果を期待できる状況だ。当てにできる神仏の御加護は、その程度であろう。

あとは人事を尽くすのみ。

「熊野は」

「そろそろにございましょう」

「うまくいかばよいが」

「これで、勝てましょうや」

「うまくいかば、少しは楽に」

「少しは、ですか。これだけやって」

かえでの目が恨めしそうになる。気にせず幸村は返答した。

「少しずつしか、楽になりようもなし」

「たまには景気よき話、耳にしとうございます」

「わしもだ。誰ぞ聞かせてくれぬものか」

かえでが、そっぽを向く。

少しでも状況が好転すること自体、奇跡である。いくつ奇跡を重ねたら、景気のいい話ができることやら。最初の奇跡を仕組むだけで、もうすでに、いっぱいいっぱいの感がある。

うまくやってくれ。もう幸村には、祈るしかなかった。

幸村の居室を出たかえでは、部屋の外で控える宮本武蔵と目が合うと、いつものように顔を赤らめ恥らうそぶりをし、小走りに去る。

たいした狐だ。毎度のことながら、武蔵は感心する。幸村のもとへ足繁く通う女中がいるとの話は、城内で艶聞《えんぶん》として広まっている。それゆえの演技であった。

これから神武以来の大軍に攻められようというに、くだらぬ噂話など、していられる場合ではなかろう。そう思う武蔵だが、城内では相変わらず一万の女中が立ち働き、城の惣構えの中にある大坂の町も、まだ日常が壊れてはいなかった。

そして、城内を取り仕切る者たちもまた、似たり寄ったりの連中である。後藤又兵衛と交わした約束に従い、誰を斬るべきか探るために、武蔵は城内で父譲りの兵法（攻撃的な護身術）を教えつつ人脈を広げているが、城内の有力者に近い者の家来の話を聞くたび、大坂城を動かす立場の連中が、足の引っ張り合いにのみ一意専心、徳川の動きなどへまったく関心のない事実を知らされ、なぜかがっかりするばかりなのだ。

斬るべきは、件《くだん》の女狐を動かす主だろうが、その正体を探るのは、どうやら不可能だ。真田幸村は気の毒なほど苦労しているものの、知恵ほどには力がない。幸村を斬っても、この城は何も変わらず、今のままだろう。

誰を斬っても、あまり変わり映えなさそうな現状で、結局、最後まで残る名が大野治長だ。間違いなく小物だが、他に誰もいないのでは、致し方ない。

武蔵は治長の弟である大野治房の家臣、成田勘兵衛《なりたかんべえ》が召し使う下人を、内々に弟子のひとりとしていた。大坂城を滅びへ導く奸臣を、正義のために斬るべし、と思い込ませることにも成功したのだが、肝心の治長が岸和田攻めから戻って来ず、宙に浮いた格好になっている。

大坂城が攻められてからでは遅いし、治長周辺の警戒も増そう。治長が戻れば、すぐやるしかなかろうが、果たして治長でいいのか。治長を斬ったら、幸村は斬らなくていいのか。どうにも決まりが悪いことばかりな状況に、武蔵は陥っていた。

このままでは、果てなく要人を斬り続けねばならなくなりはすまいか。武蔵はおのれの間違いがどこなのか、見つけられずにいる。もしかしたら大坂城自体が、武蔵と同じ落とし穴に、はまっているのかもしれない。


熊野の新宮城より南へ一里、三輪崎《みわさき》の浜に多数の大船が群れている。沖合いでは、大谷吉治の率いる八艘の大安宅が警戒にあたっていた。

浜辺には真田勢八千、宇喜多勢六千、明石勢三千、そして一揆勢の鉄炮衆千の、総勢一万八千が待機している。真田勢を預かる島左近は、松本峠から到着したばかりの宇喜多秀家と明石全登を迎え、段取りの確認を始めた。

「一揆勢も乗るのか」

「浪人が減りましたゆえ」

全登の返答に、秀家が俯《うつむ》く。数を二千も減らしたことを、おのれの責任と感じているようだ。慌てて全登が主を宥《なだ》める。

「すぐ逃げる浪人など、こたびは乗せぬほうがよろしゅうござる」

「されど」

「確かに、敵を恐れる腑抜《ふぬ》けは、おらぬがよい」

左近の言葉で、ようやく秀家が顔を上げた。闘志の再燃を表情から見て取り、安心した左近は全登に向き直る。

「地元の者なら、ここに残すほうが」

「鉄炮衆ばかりにて、ここでは、じき戦えなくなりましょう」

「なるほど、そうであった」

熊野へ無尽蔵な補給が送られる特別扱いは、毛利勢が撤退するまでの、あとわずかな期間だけだ。熊野川の流量が充分でなくなったら、すぐにも毛利勢は撤退と決まっている。

補給が潤沢でなければ、鉄炮衆は戦力にならない。今回運ぶのが妥当だった。以後の戦いにも鉄炮衆は必要になる。

全登が尋ねる。

「大坂よりも船が出ますか」

「土佐勢九千が先鋒になる。あそこにいる水軍が木津《きづ》川口を固めてから、土佐勢と船を合わせることになろう」

「総勢三万近くになると聞きました」

「水軍衆も船から降ろすそうな。なんでも船いくさのため、多くの人数を普段から船中に抱えているとか」

「では、いくさ船には乗せぬのですか」

「乗せる余裕は、ほとんどないという」

「よって、かように多くの船が入用に」

沖を見やりながら、全登は浪人たちを観察する。着いたばかりの一万も、ようやく落ち着いてきたようで、乗船の準備に入れそうだった。

「左様、数多きは心配なれど」

多くなるほど混乱や齟齬《そご》が生じやすいのは船も同様らしく、人以上に大変そうである。

「五年前は四万の軍勢でも、落とすまで十四日かかったわけですが、こたびは」

「のんびりしては、おられぬ」

今回の策の発案者のひとりである左近は、詳しい説明を始めた。五年前の伏見攻めに、秀家も全登も参加しており、攻め難さは承知している。再建で城の形状こそ変わったものの、難攻不落を構成する周辺の縄張りは以前のままであった。

水軍を多用した秀吉らしく、伏見城の南、巨椋《おぐら》池《いけ》沿岸の防備は堅い。西には淀城跡へ至る淀堤、東は向島《むかいじま》城から南へ、大和街道の一部を成す小倉堤が隙なく築かれ、上陸を阻んでいる。

「いっそ、伏見湊へ突っ込むか」

「商家の船が多すぎ、一度には入れませぬ」

秀家の思い付きは即座に却下された。大消費地、京の物流の玄関である伏見湊は、商家の船で常時、埋め尽くされている。

攻めるなら上陸は一気に済ませ、ある程度の広さがある場所で隊伍を整えたい。もちろん、そうさせぬため考え抜かれた縄張りが相手なのだが。

「淀津から鴨川《かもがわ》まで入り」

「京へ近づかば、事前に徳川の知るところに」

全国から集まった軍勢で溢《あふ》れそうな京へは、近づけるものではない。実際に溢れてしまったどこかの軍勢と、いきなり出くわす危険は高かった。できるだけ、京にいる敵には気づかれぬよう。それでも、せいぜい半日で落とさねば、敵が殺到してくるだろう。

宇喜多主従の言い合いを、左近は静観している。押し付ける格好を避けるため、あえて既定の上陸地点を提示せずにいたが、やはり落ち着くところへ落ち着きそうである。

「もう、宇治川《うじがわ》に突っ込んで、伏見城の東から」

「向島城《むかいじま》に敵がいれば、着岸後は狙い撃ちに」

「よって、こう考えてみた」

いきなり割って入る左近の言葉を、ふたりともおとなしく聞いた。

一手は巨椋池の南に上陸し、小倉堤を通って向島城を攻め、向島城で戦いが始まったら、残りは宇治川から岡屋津《おかやつ》に入り、旧大和街道を通って東から伏見城を攻撃する。

他にやりようはなかろう。納得する全登だが、ひとつだけ心に引っかかっていた。

首尾よく伏見城を落とせたとして、落としたあとは、どうするのだ。防御施設が破壊された状態のまま、すぐ十数万の敵に囲まれるのに。もし緒戦の大勝利だけが必要で、伏見城自体は、どうでもよいというなら、そのように戦うべきだが。

左近が念を押す。

「くれぐれも、無理押しをなされぬよう。いくさは、これで終わりにあらざれば、次に備えられませい」

全登は完全に納得した。

伏見城の東、岡屋津に、後藤又兵衛が佇《たたず》んでいる。やはり、ここしかない。城の周辺を歩き回るほどに、又兵衛は秀吉の知恵に感心していた。

徳川の大軍が京と熊野に集中している現在、敵が仕掛けるなら、空き家となった伏見だけであろう。電光石火の奇襲しか方法がない以上、船で軍勢を運ぶだろうとは、容易に想像がつく。

旧大和街道を近づいてくる一行を見つけ、又兵衛は足を止めた。どうやら、同じ考えの者がいるようである。

真田伊豆守（信之）と名乗る腰の低い男の名は、微《かす》かに聞き覚えがある。何か、よい評判だったはずだ。同行する年配の男の顔に見覚えがあり、誰だろうかと、又兵衛は考える。

「これは、中納言様」

いきなり平伏した又兵衛を、信之が抱え起こす。上杉景勝は黙って頭を下げていた。

大和郡山城を落とした後、信之と景勝は伏見への帰還を、藤堂高虎から勧められた。高虎が本多正純の行動に懸念を抱いたからもあるが、将来が有望そうな松平忠輝と、じっくり誼《よしみ》を通じたい高虎の希望に沿ったものでもある。

信之も景勝も、情勢の判断は又兵衛と同じだ。そして京の軍勢を、家康が動かしたがらぬ理由を信之は述べ、余計な邪魔が入らぬほうがいい又兵衛を喜ばせる。上杉・真田の七千と、又兵衛の黒田勢五千。これだけあれば、しばらく敵の攻撃を受け流すくらい、どうということはなかった。

「よきいくさとなりますよう」

部署を決めての別れ際、又兵衛からの挨拶に、信之は苦笑しつつ返した。

「何事もなければ、さらによろしいが」

「何事もなきようなら、ただにつまらぬいくさとなりましょう」

「わかった。よきいくさとなるように」

突拍子もないことを思いつくのが大好きだった

弟が大坂城にいる以上、つまらぬいくさにはさせないだろう。信之は諦めの悪い弟の、純粋さと才を信じていた。

数日後。熊野攻めの軍勢が出発して以来、伏見城では城代、結城秀康の鍛えた二千の兵が、厳戒態勢を敷いている。本丸まで攻め込まれ、天守から鉄炮を撃ちまくったという五年前の防戦を踏まえ、火薬や兵糧などを天守のあちらこちらへ運び込む様子が、すっかり日常化した。

家康もまた、敵が伏見を攻める可能性を承知している。必要ならこの首、くれてやってもいいとすら、家康は覚悟していた。

京に集まる未曾有の大軍には、ひとつだけ隙《すき》がある。誰も彼も無事に帰りたいばかり、進んで命を投げ出そうとする者がいないのだ。大坂城を焼きさえすれば、天下は定まるというのに。

もしも家康が討たれたら、徳川十万は炎と化し、大坂城を一息に焼き尽くすだろう。そのような流れでも、家康にはかまわなかった。

ただし、むざむざ討たれてやる気はない。敵がいかなる大軍でも、この城の縄張りは二千あれば守れる。五年前、それを証明しかかったのに、遠くから雑賀者に狙い撃たれて死んだという鳥居元忠《とりいもとただ》に対し、恥ずかしい真似はできないのだ。

味方を景気づけるためなら、伏見城襲撃をもって、大坂攻めの口火を切るほうが好都合と家康は思っている。ただどう考えても、京から応援の軍勢が来る前に、この城を落とすのは不可能であるが。

さもなくば、身内の誰かを追い込み、死に狂いをさせなければならぬ。おのが身を危険にさらすより、そのほうが家康には辛かった。

夜になって、近習が家康に声をかける。

「大御所様、東で騒動があり、用心のため天守へ御移り願いたいと、城の者が」

「左様か」

にっこりした家康は、機嫌よく天守へ登った。

夕刻、船場に待機していた長曾我部勢九千は、軍船が木津川を固めるのを見て、乗船を開始する。辺りに敵水軍がいないのを確認したら、軍船からも船場へ兵が下り、別の船に乗り換えて伏見へ向かうことになっていた。

いくら夜間になっても、軍船が伏見城へ近づくのは目立ち過ぎる。船場で何事もなければ、八艘の軍船は熊野へ戻り、毛利勢と一揆勢の撤退を準備する予定だ。商家の大船も派遣されるが、中が空になった軍船で運ぶのが、一番安全だろう。

長曾我部盛親は、すべてを失なう原因となった五年前の悔いを消し去るため、戦いを続けていた。いまさら、何も手に入らないのは承知だが、戦い続けるおのれがいる限り、悔いのない最期を迎えられそうな気がする。

とっぷりと日も暮れ、宇治の町の西に上陸した長曾我部勢は、いったん隊伍を整えてから大和街道を目指した。巨椋池を、くねくねと縦断する小倉堤の上が、秀吉の定め直した大和街道である。

前方が一瞬、明るくなり、轟音《ごうおん》と風圧が届くや、盛親は叫んだ。

「敵ぞ！　放て！」

熟練者揃いの鉄炮衆が落ち着いて応射する一方、山内家から虫けら扱いされる今の土佐では生きられず、せめて人として戦って死ぬために、盛親を頼った者たちは、飛び交う鉄炮玉を無視して突進する。長曾我部勢の射撃が止まった。

「よき敵なり」

何日も待った甲斐があった。楽しげにつぶやいた後藤又兵衛は鉄炮衆を後退させ、隊伍の崩れた敵の先頭から、順に槍衆で叩きのめす。たまらず長曾我部勢が後退すると、黒田勢が追撃にかかる前に、長曾我部勢の射撃が再開され、又兵衛は再び鉄炮衆を前に出した。

形勢は互角である。又兵衛が鍛え抜いた精兵と張り合えるとは、見事なものだ。互角ながら数では長曾我部勢が優勢で、じりじりと黒田勢は、宇治のほうへ押されていく。

ついに長曾我部勢が小倉堤の入り口に達し、盛親は十名ほどの物見を送った。向島の城が静かなら、軍勢の半分を堤の向こうへと、差し向けるつもりだ。

ここまでは、又兵衛の予定通りである。これからは、お互いに鉄炮の撃ち合いを続けながら、長曾我部勢が堤を渡って数を減らしていき、ある程度になったころ、向島城の軍勢と共同で長曾我部勢を押し返し、孤立した堤上の敵を全滅させるのが、又兵衛の予定であった。

数日前に真田信之の名で警告しておいたから、向島城の兵が増強されているのは確実で、あとは物見をやり過ごす分別が、向島の城将にあると信じるのみである。

やがて堤の上が人影でいっぱいになっていくが、それは長曾我部勢ではなかった。過分な兵力増強に気をよくした城将が、手柄を目当てに出撃したのだ。

堤の上に、ぼさっと突っ立っている人影が、銃撃で次々に水中へ落ちる。又兵衛の予想したままの光景が、攻守逆になって再現された。

「たわけが」

好勝負に水を注された。又兵衛は憮然《ぶぜん》として後退を命じる。少し距離を取れば、好戦的な敵は血気に逸《はや》り、堤の向こうへと、突っ込んでいくかもしれない。

盛親は、堤のずっと向こうを注視していた。巨椋池の向こう岸、岡屋津のあたりと思われる場所で、ちかちかといくつもの光が瞬くのを、盛親は何度も確認した。鉄炮だ。盛親は、向島の城兵がこちらへ出撃したのを見た味方が、宇治川へ突っ込んだと理解する。そして、敵と遭遇しているのだと。

味方の宇治川突入が成功した以上、ここで戦う理由は、もうなかった。もし味方が苦戦しているなら、長曾我部勢もまた、岡屋津へ向かうべきだ。

盛親は、かねて定めた合図として、何通りか決めた内のひとつを、陣太鼓で叩かせる。さっと鉄炮衆が後退し、隊伍を組んだまま、槍衆が少しずつ下がっていった。

案に相違して、後退するらしい。又兵衛は鉄炮で敵の隊列を乱し、槍衆に追い討ちを命じた。敵が一気に逃げ散る。あまりに脆《もろ》い。又兵衛が、感じた不安を行動に起こすより先に、長曾我部の鉄炮衆が引き金を絞る。

やられた。

味方の後退を支援するため、先に鉄炮衆を下がらせたとは。追い討ちの中止を命じ、散々に撃たれた味方が逃げ戻ると、又兵衛は素直に負けを認めた。たかが寄せ集めの浪人どもと、侮ったのが敗因である。

だが、よきいくさであった。

「また、御目にかかりたいものだ」

願わくは、合戦の場で。

向島城から続々と軍勢が堤の向こうに出て行くのを見て、宇喜多秀家は宇治川への突入を命じた。明石全登には別行動を命じてある。討たれる心配よりも、秀家の身を案ずる全登の、足手まといになるほうが、今の秀家には心配だった。向島城はほとんど空になったようで、岡屋津への上陸を邪魔する者はない。

上陸を終えた直後、現われた軍勢の旗印に、秀家は息を呑む。

「上杉だと？」

隊伍を整える間もなく、撃ち合いが始まった。秀家は鉄炮衆以外の者たちに、少しずつ態勢を整えさせ、一斉突撃の準備ができるのを待った。

「槇島《まきしま》！」

その叫びの意味を理解する前に、秀家は背後か

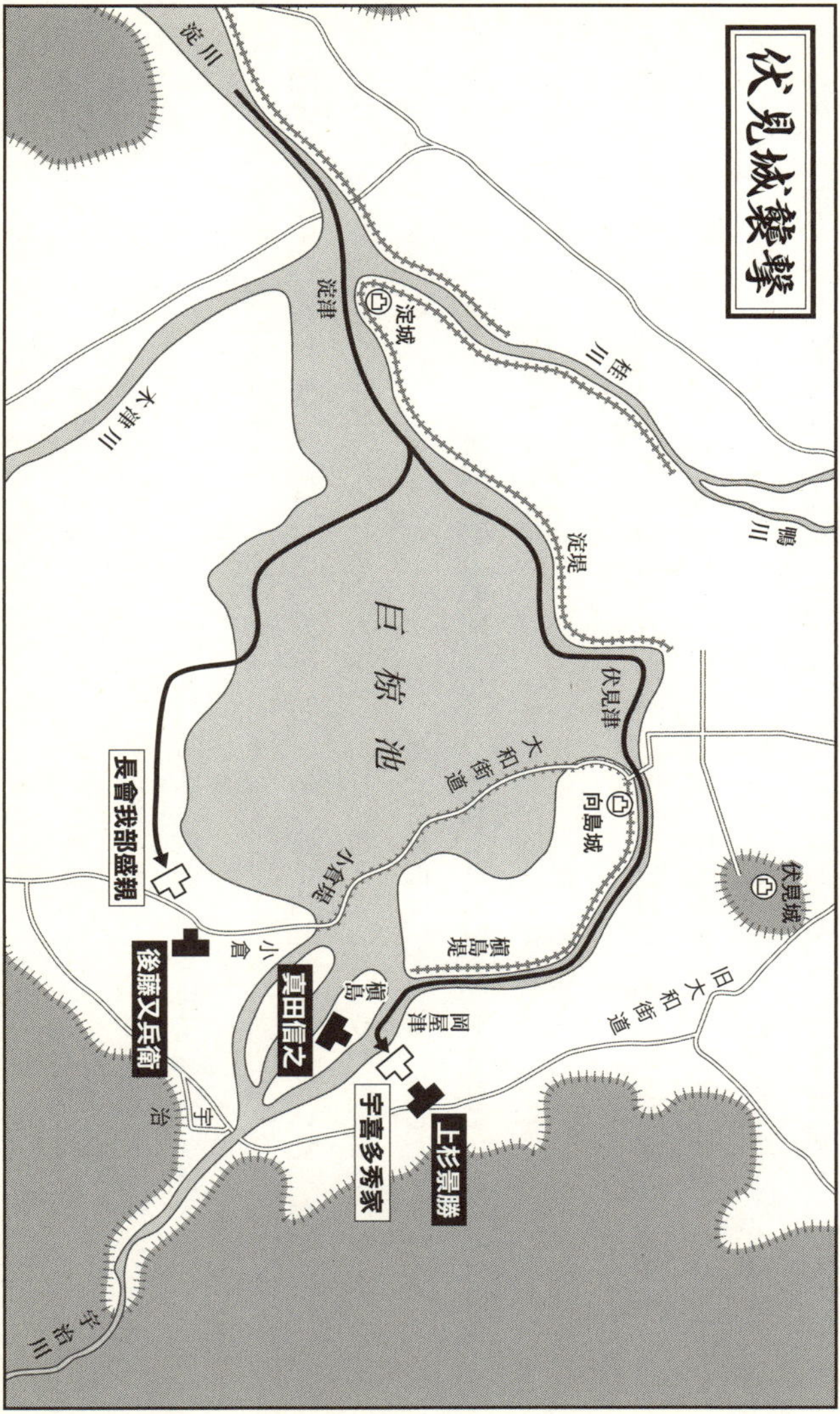
伏見城襲撃
淀川
桂川
鴨川
淀城
淀津
木津川
淀堤
巨椋池
伏見津
大和街道
向島城
伏見城
長會我部盛親
小倉堤
槇島堤
小倉
後藤又兵衛
槇島
真田信之
岡屋津
旧大和街道
宇喜多秀家
上杉景勝
宇治
宇治川

ら左肩を撃たれ倒れる。倒れながら後ろを見やると、巨椋池の中に浮かぶ近くの島（槇島）で、いくつもいくつも光が瞬く。あんな所に伏兵を。

「船へ、皆、船へ」

銃撃にかき消されそうな秀家の声を、近習が正確に聞き取り、宇喜多勢は船内へ避難した。秀家の負傷により、嫌がる秀家の意志に反して、大坂への退却が決まる。

宇喜多勢の船団は、途中で長曾我部勢の船団と行き会い、一緒に大坂まで戻ることになった。

槇島の光を見つけた島左近は、先に伏兵を片づけるべく、真田勢を乗せた船を島へ近づける。

こんな所に。

退路のない所に伏兵を置く敵将の大胆さに感銘したあとで、月明かりに六連銭の旗指物《はたさしもの》を見つけてしまった左近は、しばらく迷った末、宇喜多勢の退却を確認してから、船を大坂へ向かわせた。槇島の敵を全滅させても、もう意味がなくなっているのだ。

あの旗指物とだけは、戦いたくない。

甘い考えなのだろうが、大坂で待つ幸村を悲しませる真似は、できるだけしたくなかった。

それより、待ち伏せされていたことは問題である。左近は眉を顰《ひそ》めた。

明石全登は、主の船団が無事に宇治川に入るまで向島城を監視していたが、何事もないので突入しようとしたころ、追いついてきた水軍衆と合流する。これで全登は予定を変更した。

水軍衆と紀州勢に予定の変更を伝えた全登は、岡屋津へ向かう途中、伏見城の御舟入（船着場）へ直接、船を入れた。思った通り、徳川の軍船が何艘もある。先に入った水軍衆たちが、わらわらと上陸し、ほとんど無人の軍船に突入する様を見ながら、全登と切支丹勢三千は上陸した。

ここの軍船を奪ってしまえば、こちらが大坂へ退却しても、徳川は追撃できなくなる。全登のなすべきは、誰も水軍衆の邪魔をできないよう、騒動を起こすことだ。

御舟入から始まるなだらかな坂を駆け上り、切支丹勢は城内に突入した。御舟入は物資搬入のための、いわば勝手口であり、配備された兵が少ない。おかげで易々と城内に入れたが、全登は城の様子を眺めるなり、前進を禁ずる。

もとより、三千だけで落とせるわけがなかった。伏見城の東で上陸したはずの、宇喜多勢と真田勢が外から攻撃を始めるまで、戦力を温存しなければならない。

切支丹勢の前進を予想して各曲輪《くるわ》に鉄炮衆を配備していた徳川方は、敵が一向に進まないので業を煮やし、配備した鉄炮衆は動かさぬまま、人数を集めて逆襲に転じる。

動かぬ代わり、ふんだんに物見を出していた全登は、早期に敵の意図を察知すると、急ぎ鉄炮衆を、城と外とを隔てる塀の上に配して濃密な火線を形成し、敵が寄せ来るのを待った。

裏口から城内に入っておきながら、居座るだけで動かない敵に腹を立てた城将は、狭い空間では鉄炮衆を使えまいと、突撃を命じる。家康を迎えた城へ敵の侵入を許してしまった越前勢は、城将の怒りそのままに突進した。

だが、思わぬ方向からの銃撃を受けて、突撃は頓挫《とんざ》するも繰り返され、城将が撃ち倒されるまで続いた。敵が戦意を失なったとみた全登は、御舟入の様子を確認する。

「水軍衆はすべて仕事を終え、一揆勢も用意ができました」

「ようやった」

「西へ向かう多くの船を見たと、何人もが」

「間違いないか」

「水軍衆に限って、見間違いは」

「そうさな」

主は退却したらしい。外から攻撃がないなら、もう長居は無用である。全登は鉄炮衆を船内へ戻し、混乱を避けるべく、少しずつ船へ撤退を進めた。しばらくして、撤退がばれたのか、ふたたび越前勢が軍勢を出そうとしているとの報せを受け、全登は物見を回収すると、全軍で御舟入へ出る。

先ほど以上の大人数が近づく、整然とした音を耳にし、全登は大声で命じた。

「どれでもいい！　早よう乗れ！」

敵が御舟入へ現われる前に、ぎりぎりで乗船は終わり、奪った徳川の軍船では、鈴なりになった一揆勢の筒先が、敵の姿を認めるたび一斉に火を吐く。ゆっくりと船団は進み始めた。

大坂城でやきもきしていた真田幸村は、船団が帰ったと知らされるたび、船場まで飛び出して行きたくなるものの、戦時ゆえ自重しつつ、諸将の戻りを、じりじりと待っていた。

戻った島左近は、難しい顔をしている。

「待ち伏せを受けました」

「左様か」

「六連銭の旗印が」

「なに？　まことか」

「伊豆守様にございましょう」

「兄上が、待ち伏せておったと」

「もしや御家中に」

幸村が首を振る。その可能性は、考えたくない。

「兄上なら、考えれば読めるだろうな」

「何を仰せで」

「碁を打つたび、いつも兄上は、つまらぬ手ばかり打つ」

「誰が考えても同じになる手を、こたび御打ちになられたと、仰りたいのですか」

それならそれで、利敵行為ではないか。どうにもつかみどころのない相手を左近は、どうにかしてつかみたくなった。

「兄上が仰るには、わしの手は突拍子もなくて、わからぬ、と」

「されど、こたびは」

「まだ、兄上と碁を打って、勝ったことがない」

「いまごろ、弱気にございますか」

「こたび、勝てるとよいな」

「いったい何を」

「まだ、わからぬ」

幸村の真意がわからず、少し混乱して左近は退出した。

しばらく考え込む幸村のもとへ、長曾我部盛親が現われる。黒田勢との戦いの様子を、幸村は真剣に聞いた。

「手強き敵にござった」

「さすがは土佐の一領具足。しかも御見事なる御采配」

「御褒めにあずかるような働き、できましたのでしょうや」

「ぜひ次も、よろしゅうお願い申し上げる」

深々と頭を下げられ、盛親は満足した。誰に恥ずることなき戦いをし、生きて帰ってこられればいい。それで満足だし、また戦える。盛親には、よけいな詮索をしている暇がない。

次の明石全登は、疑念の山を抱えているのが明らかだ。幸村は先手を取った。

「備前様は、まことに」

「幸いにも、かすり傷にて」

「安堵致しました。こたびは御見事なる御機転」

「たいしたことはござらぬ」

「なんの、船が増えるは助かります」

「ところで、こたびは何かの調練にござろうか」

「調練、と」

「しからずんば、何を求めての」

「左様に御考えいただき、よろしゅうござる」

「いったい何の調練で」

「これから考えましょう」

あまり冗談を好まぬ全登が、白い目を向ける。

幸村は動ずることなく続けた。

「必ずや、活きて参ります」

「布石だと仰せで?」

「これから、考えます」

よくわからないが、冗談ではないらしい。釈然としないものの、相手は豊臣家の臣だ。無礼にならぬよう、ひとまず全登は引き下がった。

「少しはまじめに応対なさいませ」

今度は、かえでである。

「至極、まじめにしている」

「相手が浪人だからと、侮っておられるようにみえます」

「左様なことはない」

今は万事が調練だとは、かえで相手でも、さすがに口にできず、幸村はごまかすのに苦労する。おのれ自身もまた、調練の途中であった。

「よき敵にござった」

伏見城下に戻った後藤又兵衛は、さばさばと敗戦の報告を始めた。聞き入る真田信之は、容易ならぬ事態を感じ取る。

「一糸乱れぬ動きを、浪人衆が」

「見事、してやられるほどに。国許より追加の人数が参ったら、ぜひいま一度」

「数が入り用に」

「数で押されてさえおらねば、不覚は取らなんだものを」

統制の取れない烏合の衆ばかりなら、十万いようと脅威にはならない。だが、まともに動ける軍勢がひとつでもある場合、烏合の衆を囮《おとり》に、様々な策が可能になるだろう。

「左様な軍勢、どれほど敵にあるものか」

「さて」

検討もつかない。愚問を発したと気づき、信之が頭を下げる。

「敵にしか、わからぬことを」

「あまり多くはなかろうかと。もしひとつだとすれば、何に用いましょうな」

「ひとつだけなら、やはり」

「やはり、総大将を狙うしか」

合戦における基本中の基本だが、いいしれぬ不安を感じ、信之は口をつぐんだ。

伏見城を預かる、越前勢の城将が報告に来ると、家康は満面の笑みで迎えた。

「夜分にも拘わらず、お騒がせを」

「よいよい、気にすな。見事に、賊を叩き出したるか」

「は」

「忠勤、天晴れ。よろしく頼むぞ」

「精一杯、励ませていただきまする」

実のところ、家康は当初、報告を聞いて拍子抜けした。わずかな敵に翻弄された越前勢も情けないが、城内に乗り込んで御舟入の軍船を盗んだだけとは、敵ながらなお情けない。

気になった家康は、藤堂高虎が伏見に残した伊賀者の頭を呼び、状況を直接、報告させた。多数の伊賀者が潜む、伏見近郊の情報は常時、この頭に集まるが、報告は家康にでなく、高虎へなされるのが普通だ。

「宇治の西で、黒田勢と大坂方、長曾我部勢が合戦になり、長曾我部を退けました」

「宇治とはまた、何故、左様な所で」

「わかり申さず」

伊賀者の役目は情報を集めることで、解釈はしない。情報の意味と価値を判断できる高虎を、仲介した上でなければ、家康には情報を回せない所以《ゆえん》である。

「続けよ」

「伏見の東で、上杉勢と大坂方、宇喜多勢が合戦になり、宇喜多を退けました」

家康が天守に上ったのは、これが原因だ。

「上杉が、伏見に戻っておるのか」

「は」

「いつ戻った」

「六日前」

上杉が単独で動くわけがない。

「真田伊豆（信之）は」

「六日前」

やはり。

「あやつ、また陰働きか」

「わかり申さず」

「尋ねてはおらぬ」

伊賀者が黙る。家康は状況をまとめた。

恐らくは真田信之が中心になり、大坂方による伏見城攻撃を未然に防いだのだろう。未然では、全軍の景気づけに使い難いが、黒田と上杉を褒めてやらねばなるまい。家康は景気づけを諦め、身内へ犠牲を強いることに決める。

全国から大軍を集めた以上、長く留めるわけにいかなかった。大坂方が思わぬ大軍を投入したらしい熊野から兵を引くのはもちろんだが、待ってはいられない。

大軍に軍略なしという。敵を圧倒する大軍を敵地へ送り出し、支障なく維持することさえできれば、個々の戦いの勝敗に拘わらず、敵は敗れる。その法則をたびたび実証したのが秀吉だ。家康自身、秀吉と戦った小牧の陣では、戦闘に勝って戦争に負ける不名誉な結果になってしまった。

ようやっと、お返しができる。そう思うと家康は、なんだか嬉しくなる。秀吉得意の位押しで豊臣と大坂城を攻め滅ぼすのは長年、夢見てきたことで、天下分け目の関ヶ原合戦も、夢をかなえるための準備であった。

家康は明日、二条城の秀忠へ使いを送り、旗本三万をよこすよう命じることにした。いよいよ、大坂攻めの始まりだ。

明石勢に手ひどくやられた越前勢は、巨椋池の向こう岸、宇治にまで敵が現われたと知り、残った敵がいないか、広範囲に物見を散らしている。さらに伏見城の各曲輪へ人数を増やして守りを固める中、当然のことながら、敵の攻撃から一番遠い天守からは兵が出て行くばかりで、家康の周囲以外、ほとんど警護の兵を見かけなくなっている。

伏見城が攻められ、天守の警護が薄くなったころ動くよう、男は命じられていた。主君である結城秀康が、かつて徳川からの人質として、さらに秀吉の養子として、秀吉のもとにいたころ、男は秀康のお世話をし、秀吉から気さくに声をかけてもらったことがある。

灯明を手にした男が、天守の最下層へ入るのに前後して、同じような思い出を抱く三名が、やはり天守の最下層に入った。

あちこち、無造作に兵糧の俵が置かれている。男が入った広めの部屋には、いくつもの山になって箱が積まれていた。男は灯明を傍らに置くと、山積みされた焔硝箱《えんしょうばこ》の、一番上の蓋《ふた》を開けた。調合された黒色火薬が、箱いっぱいに入っている。

「南無豊国大明神。太閤殿下、わが忠節、とくと天より御照覧あれ」

男は火が消えぬよう注意深く、灯明をそっと火薬に近寄せた。

間を置いて、天守の四方から起こった爆発により、猛火が一気に天守を包む。

大坂の陣が始まった。


〈続く〉

歴史群像新書
刊行にあたって

歴史群像新書は、雑誌「歴史群像」、ムック「歴史群像シリーズ」をベースとし、新たに歴史専門の新書のシリーズとして発刊したものです。

歴史を彩る様々な人間、戦い、ドラマ、それらは私たちに多くの謎と教訓、感動と興奮を与えてくれます。この「歴史群像新書」が、歴史ファンの方々に、常に新鮮な感動を与え、多彩な斬り口で、くめどもつきない歴史の面白さを味わっていただく一助になれば幸いです。

ご意見、ご要望などお寄せください。

相克真田戦記一 ～信之の大志、幸村の決意～

著者――――久住隈苅
発行人――――大沢広彰
発行所――――株式会社学習研究社
〒145-8502 東京都大田区上池台4-40-5

印刷・製本――中央精版印刷株式会社

この本に関する各種のお問い合わせは、次のところにご連絡ください。
●編集内容については、☎03（5447）2311（編集部）
●在庫、不良品（乱丁、落丁）については、☎03（3726）8188（出版販売部）
●それ以外のお問い合わせは左記まで。
・文書は、〒146-8502 東京都大田区仲池上1-17-15 学研お客様センター『相克真田戦記』係
・電話は、☎03(3726)8124